REX STOUT

ARANHAS DE OURO

Tradução:
CELSO NOGUEIRA

2ª edição

COMPANHIA DAS LETRAS

Título original:
The golden spiders

Projeto gráfico da capa:
João Baptista da Costa Aguiar

Foto da capa:
Ana Ottoni

Preparação:
Márcia Copola

Revisão:
Isabel Santana
Eliana Antonioli

Dados Internacionais de Catalogação na Publicação (CIP)
(Câmara Brasileira do Livro, SP, Brasil)

Stout, Rex, 1886-1975.
Aranhas de ouro / Rex Stout ; tradução Celso Nogueira. — São Paulo: Companhia das Letras, 1992.

ISBN 85-7164-247-8
1. Romance norte-americano I. Título.

92-0749 CDD-813.5

Índices para catálogo sistemático:
1. Romances : Século 20 : Literatura norte-americana 813.5
2. Século 20 : Romances : Literatura norte-americana 813.5

2002

EDITORA SCHWARCZ LTDA.
Rua Bandeira Paulista, 702, cj. 32
04532-002 — São Paulo — SP
Telefone: (11) 3167-0801
Fax: (11) 3167-0814
www.companhiadasletras.com.br

ARANHAS DE OURO

SÉRIE POLICIAL

Réquiem caribenho
Brigitte Aubert

Bellini e a esfinge
Bellini e o demônio
Tony Bellotto

Bilhete para o cemitério
O ladrão que achava que era Bogart
O ladrão que estudava Espinosa
O ladrão que pintava como Mondrian
Uma longa fila de homens mortos
Punhalada no escuro
Lawrence Block

O destino bate à sua porta
James Cain

Nó de ratos
Vendetta
Michael Dibdin

Edições perigosas
Impressões e provas
John Dunning

Máscaras
Leonardo Padura Fuentes

Jogo de sombras
Tão pura, tão boa
Frances Fyfield

Achados e perdidos
Uma janela em Copacabana
O silêncio da chuva
Vento sudoeste
Luiz Alfredo Garcia-Roza

Neutralidade suspeita
A noite do professor
Transferência mortal
Jean-Pierre Gattégno

Continental Op
Dashiell Hammett

Uma certa justiça
Morte no seminário
Pecado original
P. D. James

O dia em que o rabino foi embora
Domingo o rabino ficou em casa
Sábado o rabino passou fome
Sexta-feira o rabino acordou tarde
Harry Kemelman

Um drink antes da guerra
Dennis Lehane

Morte no Teatro La Fenice
Donna Leon

Dinheiro sujo
Também se morre assim
Ross Macdonald

É sempre noite
Léo Malet

Assassinos sem rosto
A leoa branca
Henning Mankell

O labirinto grego
Os mares do Sul
O quinteto de Buenos Aires
Manuel Vázquez Montalbán

O diabo vestia azul
Walter Mosley

Informações sobre a vítima
Joaquim Nogueira

Aranhas de ouro
Clientes demais
A confraria do medo
Cozinheiros demais
Milionários demais
Mulheres demais
Ser canalha
Serpente
Rex Stout

Casei-me com um morto
A noiva estava de preto
Cornell Woolrich

1

Se a campainha toca enquanto Nero Wolfe e eu estamos jantando, na velha casa com fachada de arenito pardo na rua 35 Oeste, normalmente deixamos para Fritz a tarefa de atender à porta. Mas naquela noite eu mesmo a abri, sabendo que Fritz não teria disposição para lidar com um visitante, quem quer que fosse.

A falta de disposição de Fritz precisa ser explicada. A cada ano, no final da primeira quinzena de maio, conforme encomendado, um fazendeiro que vive perto de Brewster abate dezoito ou vinte estorninhos, mete-os num saco, entra no carro e ruma para Nova York. De acordo com o combinado, eles devem chegar à nossa porta em menos de duas horas, contadas após o tiro. Fritz os limpa e tempera com sal, pincelando-os no momento apropriado com manteiga derretida. Em seguida os pássaros são cobertos por folhas de sálvia, grelhados e servidos sobre uma travessa de polenta quente, feita com fubá bem fino, manteiga, queijo ralado, sal e pimenta.

Trata-se de uma refeição cara e alegre, e Wolfe a aguarda ansiosamente, mas naquele dia fez uma cena. Quando o prato foi trazido fumegante e posto à sua frente, ele aspirou o perfume, baixou a cabeça, aspirou-o novamente, empertigou-se e olhou para Fritz.

— E a sálvia?

— Não, senhor.

— Como assim, não, senhor?

— Imaginei que apreciaria o prato em outro estilo, uma sugestão minha, com açafrão e estragão. Bastante estragão fresco, só uma pitada de açafrão, que é o modo...

— Tire-o daqui!

Fritz ficou rígido, seus lábios comprimiram-se.

— Eu não fui consultado — Wolfe disse friamente. — Descobrir que um de meus pratos prediletos acabou de ser radicalmente alterado é um choque desagradável. Possivelmente continua comestível, mas meu humor não me permite correr o risco de experimentá-lo. Leve-o, traga quatro ovos cozidos em fogo baixo e uma torrada.

Fritz, conhecendo Wolfe tão bem quanto eu, tinha consciência de que tal atitude era uma medida disciplinar, ferindo mais ao próprio Wolfe do que a ele. Inútil querer discutir. Antes que o prato fosse retirado, eu me intrometi:

— Vou aceitar um pouco, se não se importa. Isto é, caso o cheiro não o impeça de apreciar os ovos.

Wolfe me olhou fixo.

Foi assim que Fritz ficou sem ânimo para atender à porta, e eu resolvi abri-la. Quando a campainha tocou Wolfe havia acabado com os ovos e tomava café, uma cena realmente deprimente, enquanto eu estava no final da segunda porção de estorninhos com polenta, um prato definitivamente comestível. Ao passar pelo hall, a caminho da porta, não me dei ao trabalho de acionar o interruptor da luz, pois ainda havia claridade suficiente para se perceber, através do vidro que só permitia que de dentro se visse o que ocorria fora, que o cliente na entrada não era a nossa sorte grande.

Escancarei a porta e falei com ele educadamente:

— Número errado.

Eu havia adotado a política da cortesia, uma política consagrada para promover o conceito de paz mundial com os moleques da vizinhança. Tornava a vida mais mansa naquela rua, onde havia um bocado de jogos de bola e outras atividades afins.

— Tente outra — ele respondeu com a voz aguda e alta, não muito rude. — Você é Archie Goodwin. Preciso falar com Nero Wolfe.

— Qual é o seu nome?

— Pete.

— E o resto?

— Drossos. Pete Drossos.

— E qual o assunto a ser tratado com o senhor Wolfe?

— Tenho um caso para ele. Eu mesmo conto.

Tratava-se de um espécime pequeno, de cabelos negros pedindo um corte e olhos negros vivos; o topo de sua cabeça batia na altura do nó da minha gravata. Eu já o vira nas redondezas, mas não tinha nada a favor nem contra o menino. O problema era dispensá-lo sem iniciar uma rixa, e normalmente eu providenciaria isso, porém, depois da performance infantil de Wolfe com Fritz, pensei que seria melhor se ele tivesse outra criança com quem brincar. Naturalmente ele resmungaria e reclamaria, mas se Pete saísse arranhado eu poderia medicá-lo depois. Sendo assim, convidei-o a entrar e levei-o à sala de jantar.

Wolfe reabastecia a xícara de café. Deu uma olhada fulminante para Pete, que não estava adequadamente trajado, admito, baixou o bule e, olhando direto para mim, falou:

— Archie, não admito ser interrompido durante as refeições.

Eu assenti com a cabeça, solidário.

— Eu sei, mas isso não era uma refeição. Chama ovos de refeição? Este aqui é o senhor Pete Drossos. Ele deseja consultá-lo sobre um caso. Eu ia dizer que estava ocupado, mas lembrei que ficou bravo porque Fritz não o consultou, e gostaria que não ficasse bravo com Pete, está bem? Ele é nosso vizinho, sabe? Ama teu próximo como a ti mesmo.

Provocar Wolfe é sempre um jogo. Uma explosão pode abalar a atmosfera; mas, caso isso não aconteça, e ele dedicar um segundo ao caso, bem que se pode acabar levando o troco. Desta vez ele dedicou vários segundos, bebericando o café, e em seguida dirigiu-se ao visitante com gentileza:

— Sente-se, senhor Drossos.

— Não sou senhor. Sou o Pete.

— Muito bem, Pete, sente-se. Vire-se um pouco, para ficar de frente para mim, por favor. Obrigado. Deseja me consultar?

— Sim, tenho um caso.

— Sempre aprecio um caso, embora o momento seja um tanto impróprio, já que o senhor Goodwin estava de saída, esta noite, para assistir a um jogo de bilhar, e agora sem dúvida precisará ficar aqui para anotar tudo o que você vai dizer e tudo o que eu vou dizer. Archie, quer apanhar seu bloco, por favor?

Como eu disse, é sempre um jogo. Ele deu a volta por cima. Atravessei o hall e fui ao escritório pegar o bloco e a caneta, e quando retornei Fritz serviu café para mim e biscoitos com coca para Pete. Eu não disse nada. A caneta e o bloco fariam o registro quase automático, exigindo cerca de um quinto do meu cérebro, e eu usaria o restante para elaborar um plano de contra-ataque.

Pete falava.

— Acho que tudo bem ele escrever, mas eu preciso me cuidar. Isso tudo vai ser na moita.

— Se quer dizer confidencial, certamente.

— Bom, então vou contar. Sei que a gente não pode se abrir com alguns detetives particulares, mas você é diferente. Sabemos de tudo a seu respeito por aqui. Sei o que acha da polícia, o mesmo que eu. Então vou falar.

— Por favor, faça-o.

— Tá legal. Que horas são?

Olhei para o relógio de pulso.

— Dez para as oito.

— Então aconteceu faz uma hora. Sei que às vezes tudo depende do fator tempo, e logo depois que tudo aconteceu fui olhar no relógio da farmácia da esquina, e faltavam quinze para as sete. Eu estava fazendo a jogada do vidro na esquina da 35 com a Nona, quando um Caddy parou...

— Espere, por favor. O que é a jogada do vidro?

— Ah, você sabe, um carro pára quando o sinal fecha. A gente pula em cima dele com um pano e começa a limpar a janela, se for um homem e ele deixar a gente limpar o pára-brisa, acaba dando uma gorjeta, sempre. Se for uma mulher, talvez ela dê, talvez não. A gente corre o risco. Bom, o tal Caddy parou...

— O que é um Caddy?

Pela expressão que despontava nos olhos negros vivos, Pete começava a pensar que escolhera o detetive particular errado. Eu interferi, para mostrar que pelo menos um de nós não era um palerma, dizendo a Wolfe:

— Um automóvel marca Cadillac.

— Compreendo. Ele parou?

— Foi. No sinal fechado. Eu encostei na janela do lado do motorista. Era uma mulher. Ela virou o rosto para me olhar de frente e disse algo. Acho que ela não fez nenhum som; de qualquer maneira, se fez, eu não ouvi nada porque a janela estava fechada até quase em cima; mas ela mexeu os lábios e eu entendi o que era. Ela disse: "Socorro. Chame a polícia". Assim, olha...

Ele fez as palavras com os lábios, exagerando um pouco, sem produzir som algum. Wolfe balançou a cabeça, impressionado. E dirigiu-se a mim:

— Archie. Faça um esboço da boca de Pete realizando a mímica.

— Mais tarde — falei condescendente. — Depois que você for para a cama.

— Foi assim, o mais direto possível — Pete prosseguiu. — "Socorro, chame a polícia." Sério, fiquei assustado. Tentei não mudar a expressão, sabia que era o melhor, mas acho que não consegui, porque o homem ficou olhando para mim e...

— Onde estava o homem?

— Sentado do lado dela. Só iam os dois no carro. Acho que ele percebeu que alguma coisa tinha me assustado, pela minha cara, porque apertou a arma com mais força contra ela e ela pulou, virando a cabeça e...

— Viu a arma?

— Não, mas não sou trouxa, certo? O que mais podia ser, para ela querer chamar a polícia e pular daquele jeito? O que acha que era, um lápis preto?

— Prefiro a arma. E depois?

— Recuei um pouquinho. Eu só tinha um trapo velho, e ele um revólver. Depois aconteceu o seguinte... não me entenda mal, eu acho que os policiais não passam de um bando de imprestáveis. Sinto por eles o mesmo que você. Mas tudo aconteceu tão depressa, fiquei sem saber o que fazer, e admito que olhei em volta, atrás de um tira. Não vi nenhum, corri para a calçada e espiei na esquina, e quando olhei de novo o sinal abriu e o carro foi embora. Tentei parar alguém, para seguir o carro, mas ninguém quis saber. Tentei alcançá-lo na Oitava Avenida, corri o mais que pude pela rua 35, mas ele pegou um sinal verde na Oitava e cruzou quando eu ainda estava na metade do caminho. Mas anotei o número da placa direitinho. — Ele remexeu os bolsos da calça e tirou um pedaço de papel, lendo: — Connecticut, Y, Y, nove, quatro, três, dois.

— Excelente — Wolfe devolveu a xícara vazia ao pires. — Mostrou isso para a polícia?

— Eu? — Pete ficou enojado. — Para os tiras? Que foi, acha que eu sou maluco? Se eu entrar na delegacia e falar com o tira, ou mesmo se conseguir chegar no sargento, o que vai acontecer? Primeiro, não vai acreditar em mim, aí vai me expulsar e pronto, estou marcado. Para você não importa ficar marcado, porque é detetive particular e além de ter licença sabe um monte de coisas sobre os investigadores.

— Sei? O quê?

— Não me pergunte. Mas todo mundo sabe que você conhece todos os podres dos maiorais, ou então teria sido descartado já faz muito tempo. Mas um menino que nem eu não pode correr o risco de ficar marcado, mesmo que ande na linha. Odeio a polícia, mas a gente não precisa ser bandido para isso. Sempre digo para minha mãe que eu não apronto nada, e é verdade, mas a gente precisa ter coragem para ser assim. O que acha deste caso que arranjei?

Wolfe refletiu. — A mim, me parece um pouco... hã... vago.

— É mesmo. Por isso vim falar com você. Primeiro fui para um lugar onde me escondo quando quero pensar, e repassei tudo. Vi que seria um caso formidável, se eu lidasse direito com ele. O carro era um Caddy, cinza-escuro, modelo 52. O sujeito parecia malvado, mas tinha jeito de rico, cara de quem era dono de dois ou três Caddies. A mulher também. Ela não era tão velha quanto a minha mãe, mas acho que isso não quer dizer nada, porque a minha mãe sempre trabalhou duro, e a outra nunca trabalhou, aposto. A moça tinha um arranhão no rosto, no lado esquerdo, e sua cara estava contorcida quando disse: "Socorro, chame a polícia". Mas, pensando melhor, concluí que era bem atraente. Usava brincos com aranhas de ouro enormes, com as patas estendidas. Puro ouro.

Wolfe resmungou.

— Tudo bem — Pete concordou. — Pareciam ser de ouro. Não eram de latão. De qualquer modo, a cena toda indicava grana, e eu pensava no seguinte: tenho um caso com gente cheia da grana, como fazer para ganhar algum? Eu podia faturar até uns cinqüenta dólares com isso, se agisse direito. Se ele a matar, posso identificá-lo e pegar a recompensa. Posso contar o que ouvi e como ele apertou a arma...

— Você não viu a arma.

— Isso é um detalhe. Se ele não a matou, se só a obrigou a fazer ou dar alguma coisa, ou a contar alguma coisa, posso ir lá e jogar tudo na cara dele. Ou saio com cinqüenta paus, ou quem sabe cem, ou posso denunciá-lo.

— Isso seria chantagem.

— Certo. — Pete limpou na toalha os dedos sujos de farelo de biscoito. — Foi por isso que eu decidi que era melhor vir aqui e conversar, depois de pensar bastante. Percebi que não ia dar conta disso sozinho, precisava da sua ajuda. Mas o caso é meu, ficou claro? Talvez ache que vacilei ao dizer o número da placa antes de fechar negócio, mas não. Se você for atrás dele, pegá-lo e tentar me passar para trás, mesmo assim precisará de mim na hora da identificação, não tem saída. Se você não quer saber de chantagem, pode dar um jeito de não ser chantagem. Que tal rachar tudo meio a meio?

— Preciso explicar uma coisa, Pete. — Wolfe recuou a cadeira e acomodou confortavelmente o corpanzil em uma nova posição. — Se vamos unir esforços neste caso, é melhor esclarecer certos detalhes sobre a arte e a ciência da investigação. O senhor Goodwin vai anotar tudo, claro, e depois de datilografar o texto vai separar uma cópia para você. Mas antes disso ele precisa telefonar. Archie, já tem o número da placa. Ligue para o departamento do senhor Cramer e passe-lhe a placa. Diga que foi informado da possibilidade de o carro, seu proprietário, ou motorista, ter se envolvido em uma violação das leis desta cidade nas últimas duas horas, e sugira uma investigação de rotina. Não seja muito específico. Diga que sua informação não foi confirmada, e explique que a checagem precisa ser discreta.

— Espera aí — Pete pediu. — Quem é o senhor Cramer? Um tira?

— Um inspetor da polícia — Wolfe explicou. — Você mesmo sugeriu a possibilidade de assassinato. Se houve assassinato, há um cadáver. E, se há um cadáver, será possivelmente encontrado. Até e se isso acontecer, qual é o caso? Não temos a menor idéia de onde procurar, de modo que deixaremos a polícia fazer isso para nós. Costumo usá-los deste modo com freqüência. Archie. Claro que você não vai mencionar o nome de Pete, pois ele não deseja ficar marcado.

Atravessei o escritório, seguindo para minha mesa, e disquei o número da Homicídios de Manhattan Oeste, concluindo que, entre as milhares de técnicas usadas por Wolfe para ser considerado repugnante, a pior de todas era bancar o engraçado. Quando encerrei a conversa com o sargento Purley Stebbins e desliguei, fiquei tentado a dar o fora simplesmente, para assistir ao espetáculo de Mosconi e Watrous nos tacos, mas não adiantaria nada, claro: seria admitir que ele tinha levado a melhor. Wolfe daria um jeito de se livrar de Pete, acomodando-se com um livro na mão e um sorriso satisfeito no rosto.

Sendo assim, voltei para a sala de jantar, sentei-me e peguei a caneta, dizendo animado:

— Tudo bem, eles foram alertados. Prossiga com a aula sobre investigação, e não se esqueça de nada.

Wolfe reclinou-se, descansando os cotovelos nos braços da poltrona e examinando a ponta dos dedos.

— Sabe, Pete, eu preciso me restringir aos problemas e métodos de um detetive particular que trabalha nesta profissão para ganhar a vida.

— Certo. — Pete ganhou outra garrafa de coca. — É isso que eu quero, arranjar uns trocados.

— Notei esta tendência em sua pessoa. Mas não deve permitir que isso elimine outras considerações. É aconselhável obter alguma remuneração, porém é essencial sentir que fez algo para merecê-la, e tal coisa depende em parte de seu ego. Caso seu ego seja saudável e vigoroso, como o meu, raramente encontrará dificuldades em...

— O que é o meu ego?

— Existem diversas definições, filosóficas, metafísicas, psicológicas e agora psicanalíticas, mas estou usando o termo no sentido da capacidade de valorizar tudo o que eleva o conceito que faz de si mesmo e descartar tudo o que o reduz. Ficou claro?

— Acho que sim. — Pete franzia o cenho de concentração. — Quer dizer se gosta de você mesmo ou não.

— Não exatamente, mas é quase isso. Com um ego robusto, seus sentimentos...

— O que é robusto?

Wolfe fechou a cara.

— Vou tentar usar apenas palavras que conhece, mas, quando não o fizer, quando uma delas for nova para você, faça o favor de não me interromper. Se é esperto o bastante para ser um bom detetive, é esperto o bastante para deduzir com precisão o significado de uma palavra nova, a partir do contexto... ou seja, as outras palavras que a acompanham. Normalmente há alguma pista, também. Acabei de falar em um ego saudável e vigoroso e depois, após sua interrupção, mencionei um ego robusto, no mesmo sentido. Assim, obviamente, *robusto* tem a ver com *saudável e vigoroso* e, caso tenha dentro de si a matéria que faz os bons detetives, deveria ter deduzido tudo isso. Qual é mesmo a sua idade?

— Doze.

— Neste caso, devo fazer uma concessão. Continuando: com um ego robusto, a sensação de ter merecido seus honorários pode ser deixada por conta de sua inteligência e bom senso, com segurança. Jamais cobre ou aceite honorários se achar que não os merece. Caso o faça, sua integridade se desmanchará, e seu ego será contaminado por vermes. Feita esta ressalva, consiga o máximo que puder. Assim como não se deve aceitar o dinheiro que não foi merecidamente ganho, deve-se procurar receber aquilo que em sua opinião, foi merecidamente ganho. Jamais discuta um caso com um cliente potencial até ter certeza de que ele pode pagar. Isso...

— Então por que... — Pete interrompeu, mas parou no meio da frase.

— Por que o quê?

— Nada. Mas está discutindo o caso comigo, e sou só um menino.

— Este é um caso especial. O senhor Goodwin o trouxe aqui, ele é meu assistente, extremamente valioso e confiável, e iria desapontá-lo se não investigasse seu caso detalhadamente, permitindo que ele anotasse e datilografasse tudo. — Wolfe me brindou com um olhar hipócrita e voltou-se novamente para Pete. — Quanto ao ego e honorários, já basta. Quanto aos métodos, eles devem, claro, adequar-se a seu ramo. Eu dispenso áreas como a espionagem industrial, provas para obtenção de divórcio e outras indiscrições repugnantes, pois o ego de qualquer homem que se dedica a elas já se encontra infestado de vermes, e nossa conversa não lhe diz respeito. Mas veja o roubo, por exemplo. A caixa de jóias de uma senhora é roubada, mas ela não quer chamar a polícia porque suspeita...

— Vamos falar de assassinato. Prefiro começar pelo assassinato.

— Como quiser. — Wolfe estava muito gentil. — Continua anotando tudo, não é, Archie?

— Claro. Estou de língua de fora.

— Ótimo. Mas, seja roubo ou homicídio, pouco importa, falo de um modo mais geral, é preciso compreender perfeitamente bem que se trata antes de tudo da prática de uma arte, não de uma ciência. O papel da ciência no esclarecimento dos crimes é valioso, honrado e eficiente, mas tem pouco espaço nas atividades de um detetive particular em busca da excelência. Qualquer inteligência mediana pode se familiarizar com o paquímetro, a câmera, o microscópio, o espectrógrafo ou o centrifugador, mas tais instrumentos não passam de meros coadjuvantes da investigação. A ciência pode ser notável, brilhante até, no processo investigativo, mas jamais substituirá a marcha inexorável de um intelecto refinado por entre a selva de medos e mentiras, até o encontro da verdade, ou o lampejo de percepção em um nervo sensível, tocado por um tom de voz ou um piscar do olho.

— Desculpe — interrompi. — Você disse "um tom de voz" ou "o tom de uma voz"?

— Nenhum dos dois — Wolfe mentiu. — Foi "um certo tom de voz". — Ele retomou a explicação: — A arte da investigação tem muitos níveis e muitas facetas. Pense nisso. Seguir um homem pela cidade de Nova York, sem perdê-lo, é uma tarefa extremamente difícil. Quando a polícia leva esta missão a sério, vale-se de três homens, e mesmo assim, com freqüência, eles são despistados. Mas há Saul Panzer, um homem que trabalha para mim normalmente; eu o considero um gênio nesta tarefa, agindo sozinho. Discutimos o assunto e concluímos que nem mesmo ele sabe o segredo de sua habilidade excepcional. Não se trata de uma operação mental consciente e controlada, embora tenha um cérebro de primeira; é algo oculto nalgum lugar do sistema nervoso... possivelmente no crânio, claro. Ele diz saber, quase em cima da hora, o que o sujeito seguido está a ponto de fazer... não o que fez ou está fazendo, mas a intenção do sujeito. Por isso, o senhor Panzer pode ensinar-lhe tudo o que sabe, e mesmo assim não poderá igualá-lo. Mas isso não significa que você não deva aprender tudo o que puder. Aprender sempre faz bem. Apenas quem sabe muito pouco sabe demais. Somente quando tenta utilizar o que aprendeu a pessoa consegue transformar conhecimento em desempenho. — Wolfe apontou o polegar para mim. — Veja o senhor Goodwin. Seria difícil para mim operar eficientemente sem ele. Ele é insubstituível. Mesmo assim, suas ações são largamente governadas pelo impulso ou pelo capricho, e isso, claro, o incapacitaria para qualquer tarefa importante, se não tivesse, escondido dentro de si, possivelmente no cérebro, embora eu duvide disso, um comando poderoso e sutil. Por exemplo, a visão de uma moça bonita provoca nele uma reação incontrolável de aprovação e desejo, e conseqüentemente o instinto de aquisição, mas ele nunca se casou. Por que não? Porque sabe que, tendo uma esposa, sua reação às moças bonitas, hoje pura, franca e livre, não só seria intoleravelmente deturpada como também estaria sujeita à vigilância e submetida a restrições autoritárias. Assim, o comando sempre o contém, pouco antes do desastre. Ocasionalmente, isso ocorre quase tarde demais. Funciona de modo similar com todos os seus impulsos e repentes, mas de vez em quando deixa de intervir a tempo, e ele sofre um acidente, como na noite de hoje, quando se sentiu impelido a me atormentar, ao ver surgir à sua frente uma determinada oportunidade. Isso já lhe custou... que horas são, Archie?

Olhei para o relógio. — Dezoito minutos para as nove.

— Ei! — Pete pulou da cadeira. — Preciso ir! Minha mãe... tenho que chegar em casa às quinze para as nove! Falo com vocês amanhã!

Ele se pôs a caminho. No momento em que eu cheguei ao hall o menino já estava na porta da frente; abriu-a e saiu. Parei na entrada da sala de jantar e disse a Wolfe:

— Droga, pensei que ele fosse ficar até meia-noite, para que você pudesse ir até o fim. Depois dessa, um jogo de bilhar parecerá bem besta, mas eu vou assim mesmo.

E fui.

2

No dia seguinte, quarta-feira, andei razoavelmente ocupado. Um fabricante de máquinas de Youngstown, Ohio, viera a Nova York para tentar localizar um filho que interrompera os contatos com a família, e enviara um telegrama antes de viajar, pedindo ajuda a Wolfe, e pusemos Saul Panzer, Fred Durkin e Orrie Cather em campo, atrás dele. Isso me manteve preso à mesa, ao telefone, dando ordens e preparando relatórios.

Passava um pouco das quatro da tarde quando Pete Drossos apareceu, querendo ver Wolfe. Sua atitude indicava que ele, embora consciente de que eu também possuía uma licença de detetive particular e não tivesse nada sério contra minha pessoa, preferia tratar direto com o chefe. Expliquei que Nero Wolfe dedicava quatro horas, todos os dias — das nove às onze, de manhã, e das quatro às seis, de tarde —, às salas das plantas, no telhado, com suas dez mil orquídeas, atormentando Theodore Horstmann em vez de mim, e que durante este período não estava disponível. Pete deixou claro que considerava aquele um modo desgraçado para um detetive particular passar o tempo, e eu não contestei sua afirmação. Quando finalmente consegui levá-lo até a rua, fechando a porta, estava pronto a admitir que talvez meu comando precisasse de revisão. Pete seria um grande estorvo, sem dúvida. Eu deveria ter sufocado meu impulso de convidá-lo a entrar e servir de companheiro de brincadeiras para Wolfe. Sempre que eu me pego marcando um ponto contra minha pessoa resolvo beber algo, em busca de alívio; assim, fui para a cozinha atrás de um copo de leite. Quando retornei para o escritório o telefone tocava — Orrie Cather querendo passar um informe.

Naquela noite, à mesa de jantar, nem Wolfe nem Fritz deram a mais leve indicação de que algum dia houve estorninhos entre eles. Wolfe, enquanto repetia o prato principal, panquecas de carne de porco à dinamarquesa, disse claramente: — "Muito satisfatório". Em se tratando de Wolfe, era um tremendo elogio, e Fritz o aceitou contente, movendo a cabeça com dignidade ao murmurar: "Certamente, senhor". Assim sendo, não houve troca de farpas enquanto terminávamos o café, e Wolfe mostrou-se agradável a ponto de dizer que gostaria de me ver demonstrar a espetacular sinuca de Mosconi que eu mencionara, caso aceitasse descer ao porão em sua companhia.

Mas não cheguei a demonstrar nada. Quando a campainha da porta soou saíamos da sala, e eu calculei que era Pete, sem dúvida, mas não era não. A figura visível pelo vidro tinha o dobro do tamanho de Pete, sendo bem mais conhecida — o sargento Purley Stebbins, da Homicídios de Manhattan Oeste. Wolfe dirigiu-se para o escritório, e eu para a frente, para abrir a porta.

— Eles correram para lá — eu disse apontando.

— Engraçadinho. Quero ver Wolfe. E você.

— Estou aqui. Atire.

— Wolfe.

— Está digerindo um porco. Espere.

Passei a corrente da trave na porta, para deixá-la aberta apenas alguns centímetros, fui até o escritório, avisei Wolfe que Stebbins solicitava uma audiência, esperei em pé, paciente, enquanto ele fazia caretas, recebi ordens de mandar entrar o visitante, voltei para a porta e assim fiz.

Com o passar dos anos, estabeleceu-se uma rotina para sentar o sargento Stebbins em nosso escritório. Quando vinha com o inspetor Cramer, a poltrona grande de couro vermelho perto da ponta da mesa de Wolfe ficava para Cramer, claro, e Purley acomodava-se numa das amarelas, um pouco menores. Quando vinha sozinho, eu tentava conduzi-lo à poltrona de couro vermelho, mas ele nunca chegava lá. Sempre dava um jeito de se esquivar e puxar uma das amarelas. Não que temesse, sendo sargento, sentar-se no lugar onde um inspetor estivera sentado, não era do feitio de Purley. Talvez não gostasse de ficar de frente para a janela, ou provavelmente não apreciava poltronas vermelhas e pronto. Qualquer hora perguntarei o motivo.

Naquele dia ele acomodou a carne e os músculos abundantes em uma poltrona amarela, como de costume, olhou para Wolfe por um momento e virou o pescoço para me encarar.

— Ontem você ligou para mim falando de um carro... um Cadillac 52 cinza-escuro, placa de Connecticut, YY nove-quatro-três-dois. Por quê?

Ergui os ombros e soltei-os.

— Já lhe disse. Recebemos informações não confirmadas de que o proprietário ou o motorista poderia estar envolvido em algo. Sugeri uma verificação de rotina.

— Sei o que fez. Qual era exatamente sua informação e onde a conseguiu?

Balancei a cabeça.

— Perguntou isso ontem, e eu não respondi. Nem vou responder agora. Nosso informante não deseja ser incomodado.

— Bem, ele o será. Quem foi e o que lhe contou?

— Sem chance. — Fiz um gesto com a mão. — Sabe muito bem que isso não passa de um péssimo hábito seu. Se aconteceu algo que o leva a pensar que eu devo revelar quem e o quê, conte o que houve, e veremos se concordo com você. Sabe o quanto sou razoável.

— Claro que sei. — Purley contraiu a mandíbula e depois relaxou-a. — Por volta das seis e quarenta desta tarde um carro parou na esquina da rua 35 com a Nona Avenida. Um menino com um trapo na mão aproximou-se dele e começou a limpar a janela. Ele terminou um lado e começou a limpar o outro, estava dando a volta pela frente do carro quando subitamente o carro arrancou, passando por cima dele, e seguiu acelerado pela rua 35, cruzando a avenida. O menino morreu logo depois que a ambulância o conduziu ao hospital. O motorista era homem, sozinho no carro. As pessoas nunca se lembram de muita coisa quando ficam excitadas, mas duas testemunhas, uma mulher e um garoto, concordam quanto ao número da placa, Connecticut YY nove-quatro-três-dois, e o menino disse que era um Cadillac sedã cinza-escuro. E então?

— Qual era o nome do menino? O que foi morto?

— O que isso tem a ver?

— Não sei. Estou só perguntando.

— Seu nome era Drossos. Peter Drossos.

Engoli em seco.

— E agora essa. Que filho da mãe.

— Quem, o menino?

— Não. — Virei-me para Wolfe. — Você fala ou eu falo?

Wolfe havia fechado os olhos. Ele os abriu para dizer: "Você", e os fechou novamente.

Não achei necessário descrever a crise doméstica que me deu o impulso de levar Pete até Wolfe, mas transmiti a ele tudo o que considerei relevante, inclusive a segunda visita de Pete, naquela tarde. Embora satisfeito por conseguir algo direto naquele escritório, pela primeira vez na vida, ele continuou fazendo um monte de perguntas, e no final julgou apropriado fazer um comentário inamistoso, dizendo que de cidadãos respeitáveis como Nero Wolfe e Archie Goodwin esperava-se uma demonstração maior de interesse por uma mulher com uma arma encostada nas costelas pedindo um guarda.

Não estava me sentindo muito animado, e aquilo me atingiu.

— Gente da sua laia — disse a ele — é que estraga este país. O menino poderia ter inventado tudo. Ele não admitiu ter visto a arma. Ou a mulher poderia estar brincando. Se eu contasse ontem quem me disse o quê, acharia que eu era louco, por jogar fora o dinheiro do telefonema. E eu lhe dei o número da placa. Já checou?

— Sim. Chapa fria. Tirada de um Plymouth roubado em Hartford há dois meses.

— Sem pistas?

— Nenhuma até agora. Vamos pedir um levantamento para Connecticut. Não sei quantas chapas frias existem em Nova York neste momento, mas posso afirmar que existem aos montes.

— A descrição do motorista que você obteve pelo menos é boa?

— Temos quatro, e não há duas iguais. Três delas não valem um tostão furado, a última quem sabe... um homem saía da farmácia e por acaso notou o menino com o trapo, seguindo em direção ao carro. Ele disse que o motorista era um sujeito com cerca de quarenta anos, usava terno marrom-escuro, meio magro, rosto comum, chapéu de feltro enfiado até a orelha. A testemunha acredita que pode identificá-lo. — Purley levantou-se. — Já vou indo. Estou desapontado, devo admitir. Esperava obter uma pista aqui, ou descobrir que escondia o jogo para encobrir um cliente.

Wolfe abriu os olhos.

— Desejo-lhe sorte, senhor Stebbins. O menino comeu à minha mesa ontem.

— Hã-hã — Purley grunhiu. — Isso piora tudo. As pessoas não deviam atropelar meninos que comeram à sua mesa.

Depois daquele comentário diplomático ele seguiu para o hall, e eu o acompanhei. Conforme pus a mão na maçaneta, uma figura tornou-se visível do lado de fora, subindo os degraus até a varanda, e quando abri a porta lá estava ela — uma mulher esquálida, de vestido azul-escuro simples, de bom gosto, sem casaco nem chapéu, os olhos vermelhos e inchados e a boca tão comprimida que não dava nem para ver os lábios.

Stebbins estava bem atrás de mim quando falei com ela.

— Posso ajudá-la, madame?

Ela perguntou com a voz entrecortada:

— O senhor Nero Wolfe mora aqui?

Eu disse que sim.

— Acha que posso vê-lo? Não vai demorar muito. Meu nome é Anthea Drossos.

Ela havia chorado muito, e pelo jeito poderia recomeçar a qualquer momento, e uma mulher chorando é uma das coisas que Wolfe nem tenta enfrentar. Disse-lhe, portanto, que ele estava ocupado, e que eu era seu assistente de confiança, podia falar comigo mesmo.

Ela ergueu os olhos para me encarar com firmeza.

— Meu filho Pete pediu que eu falasse com o senhor Nero Wolfe — ela disse. — Esperarei aqui até poder vê-lo. — Ela encostou no corrimão da varanda.

Recuei e fechei a porta. Stebbins estava nos meus calcanhares quando entrei no escritório e falei com Wolfe.

— A senhora Anthea Drossos deseja vê-lo. Disse que o filho, Pete, pediu isso. Eu não sirvo. Ela vai passar a noite inteira acampada na escada. Talvez comece a chorar na sua frente. O que faço, levo um colchão para ela?

Ele abriu os olhos ligeiro.

— Que diabo! O que eu posso fazer pela mulher?

— Nada. Nem eu. Mas ela não quer saber de mim.

— Então, que remédio... pff! Mande-a entrar. Viu no que deu sua performance de ontem... mande-a entrar.

Voltei até a porta para buscá-la. Quando cheguei ao escritório com ela, Purley estava instalado outra vez na poltrona. Com a mão em seu cotovelo, pois ela não parecia segura sobre onde pisar, conduzi-a até a poltrona de couro vermelho, na qual caberiam três como ela. Ela se sentou na beira, com seus olhos negros — mais negros ainda, suponho, devido ao contraste com as pálpebras inflamadas — fixos em Wolfe.

Falava em voz baixa, um tanto trêmula, embora resoluta:

— O senhor é Nero Wolfe?

Ele assentiu. Ela ergueu os olhos para mim, depois para Stebbins, e em seguida para Wolfe novamente.

— Estes senhores? — perguntou.

— O senhor Goodwin, meu assistente, e o senhor Stebbins, um policial encarregado de investigar a morte de seu filho.

Ela concordou com a cabeça.

— Achei que ele tinha cara de polícia mesmo. Meu filho não gostaria que eu contasse nada para a polícia.

Por seu tom de voz e expressão ficou bem claro que ela não pretendia fazer nada que seu filho Pete desaprovasse; tínhamos, portanto, um problema. Levando-se em conta a suspeita de Purley de que Wolfe, para não falar em mim, preferia morrer a ser pego sem uma carta na manga, o sargento não iria sair dali sem mais nem menos. Entretanto, sem hesitar, ele disse:

— Vou até a cozinha. — E rumou para a porta.

Minha surpresa durou meio segundo, até que eu entendesse para onde ele ia. Na alcova existente no final do corredor, oposta à cozinha, havia um furo na parede que a separava do escritório. No lado do escritório o buraco havia sido disfarçado ardilosamente com um quadro, e no lado da alcova, quando se fazia correr um painel, era possível ver e ouvir os movimentos e sons no escritório. Purley sabia muito bem disso.

Quando Purley sumiu, achei melhor alertar Wolfe.

— O quadro.

— Certamente — Wolfe disse ressentido, e olhou para a sra. Drossos. — E então, madame?

Ela não queria correr riscos. Ergueu-se, foi até a porta e olhou para as duas pontas do corredor, fechou-a e voltou para seu lugar.

— Sabe que Pete foi morto.

— Sim, eu sei.

— Quando me contaram eu corri para a rua, e lá estava ele. Inconsciente, mas não morto. Deixaram que eu fosse com ele na ambulância. Foi então que ele me contou. Ele abriu...

Ela parou. Temi que fosse chorar, ela também, mas, após meio minuto sem mover um músculo, ela conseguiu se controlar e prosseguiu:

— Ele abriu os olhos e me viu, e eu baixei a cabeça para ficar mais perto. Ele falou... creio que posso repetir suas palavras exatas: "Diga a Nero Wolfe que ele me pegou. Não conte para ninguém, só para Nero Wolfe. Entregue o dinheiro da lata para ele".

Ela parou e ficou rígida novamente. Depois de um minuto inteiro Wolfe interferiu:

— Sim, madame?

Ela abriu a bolsa, uma bolsa de couro preto um tanto usada, mas ainda em bom estado, remexeu lá dentro e tirou um pequeno embrulho de papel, erguendo-se para depositar o papel na mesa de Wolfe.

— Aqui tem quatro dólares e trinta centavos. — Ela ficou de pé. — Ele ganhou isso sozinho; o dinheiro era dele, ficava guardado na lata de tabaco. Foi a última coisa que disse. Pediu que eu lhe entregasse o dinheiro da lata. Depois disso perdeu a consciência novamente, e morreu antes que se pudesse fazer qualquer coisa, no hospital. Eu saí e fui para casa pegar o dinheiro e vim para cá. Agora vou voltar. — Ela se virou, avançou dois passos e virou-se novamente. — Entendeu o que acabei de lhe contar?

— Sim, entendi.

— Quer que eu faça alguma coisa?

— Não, creio que não. Archie?

Eu estava a postos, ao lado dela. A mulher parecia um pouco mais firme em pé agora do que quando chegou, mas segurei seu braço assim mesmo, até a porta, e depois acompanhei sua descida pelos sete degraus, até a calçada. Ela não me agradeceu, mas, como pode nem ter percebido que eu estava ali, não a culpei.

Purley, de chapéu, encontrava-se no hall quando voltei para dentro. Perguntei:

— Fechou o painel?

— Não me surpreenderia se vocês tomassem o doce de uma criança — ele disse ofensivo. — Mas tomar o doce de uma criança morta, meu Deus!

Ele estava de saída, mas eu dei um passo lateral para bloqueá-lo.

— Bronco. É o que você é. Se insistíssemos com ela para que o aceitasse de volta, ela iria...

Parei a frase no meio, por causa de seu risinho triunfante.

— Enganei um bobo! — ele grasnou ao passar rápido por mim, indo embora.

Por isso, eu roía a unha ao voltar para o escritório. Não era sempre que Purley Stebbins conseguia me pegar desprevenido, mas naquele dia eu estava fora do ar, porque me envolvera sentimentalmente com o caso. Naturalmente reagi, tentando descontar em Wolfe. Aproximei-me da mesa, abri o pequeno pacote e distribuí o conteúdo à sua frente: duas notas de um dólar, quatro moedas de um quarto, nove de dez centavos e oito de cinco centavos.

— Confere — anunciei. — Quatro dólares e trinta centavos. Meus parabéns. Depois de descontar o imposto de renda e dez centavos de despesas, o telefonema que eu dei ontem para Stebbins, ainda sobra o suficiente para...

— Cale a boca — ele fuzilou. — Por favor, devolva isso a ela amanhã.

— Eu me recuso. Nem amanhã nem nunca. Sabe muito bem que é impossível.

— Doe para a Cruz Vermelha.

— Faça isso você mesmo. — Fui firme. — Pode ser que ela nunca mais volte aqui, mas e se voltar, perguntando o que fizemos com o dinheiro de Pete? Eu não gostaria de dizer que doamos tudo para a Cruz Vermelha, nem de mentir.

Ele empurrou o dinheiro para longe, para a outra ponta da mesa, na minha direção.

— Você o trouxe para esta casa.

— É a sua casa, e você lhe deu biscoitos.

Isso deixou o problema no ar. Wolfe apanhou o livro que estava lendo no momento, na outra extremidade da mesa, abriu-o, girou e manobrou a sétima parte de uma tonelada de seu peso para uma posição confortável e começou a ler. Eu segui para minha mesa e sentei-me, fingindo estudar os relatórios de Saul, Fred e Orrie da véspera, enquanto analisava a situação. Um pouco mais tarde peguei a máquina de escrever, coloquei o papel e pressionei as teclas. A primeira versão continha algumas falhas, que corrigi, batendo a versão definitiva em outra folha. Achei que tinha ficado bom então. Virei a cabeça para encarar Wolfe e declarei:

— Tenho uma sugestão.

Ele terminou o parágrafo, que devia ser bem longo, antes de olhar de lado para mim:

— Sim?

— Estamos encrencados com este dinheiro, e precisamos fazer algo. Deve se lembrar de ter dito a Pete que a questão não era tanto ganhar dinheiro, mas sentir que se mereceu ganhá-lo. Creio que sentirá ter ganho este dinheiro se o gastar em um anúncio de jornal dizendo mais ou menos o seguinte: "Mulher com brincos de aranha e arranhão no rosto dirigindo um carro na terça-feira que disse a menino para chamar a polícia, na esquina da rua 35 com a Nona Avenida, por favor, comunique-se com Nero Wolfe. Endereço na lista telefônica". — Empurrei o papel na sua direção. — No *Times* os honorários não serão suficientes, creio, mas terei prazer em entrar com um ou dois dólares. Considero isso genial. Gastará o dinheiro de Pete com Pete. Vai deixar Cramer e Stebbins malucos, e Stebbins bem que merece. E, como não há sequer uma chance em um milhão de que alguém morda a isca, você não ficará exposto ao risco de arranjar algum trabalho ou se envolver. E, finalmente, seu nome sairá no jornal. Que tal?

Ele apanhou a folha de papel e olhou por cima dela, com o nariz levantado.

— Muito bem — concordou rabugento. — Espero que isso tenha lhe servido de lição.

3

O filho do tal fabricante de máquinas foi finalmente localizado e cercado no dia seguinte, quinta-feira, à tarde. Como se tratava de uma operação sigilosa por mais de um motivo — para dar uma idéia do nível de sigilo, ele não era fabricante de máquinas, nem morava em Youngstown —, não posso dar maiores detalhes. Mas farei um comentário. Se Wolfe considerava ter merecido os honorários que pediu àquele pato, nenhum ego jamais foi posto à prova com tanta severidade.

A quinta-feira foi, portanto, um tanto tumultuada, não deixando tempo livre para levar em conta uma questão: se tivéssemos adotado outra abordagem no caso que Pete compartilhou conosco, o menino ainda estaria por aí brincando. No ramo da investigação surgem diversas oportunidades para tal tipo de reflexão e, apesar de não adiantar nada permitir que isso provoque uma depressão, não faz mal nenhum dedicar alguns momentos, de vez em quando, a uma pequena auditoria interna.

Na quarta-feira à noite não deu mais tempo de encaixar um anúncio para quinta. Na sexta de manhã ri sozinho um par de vezes. Desci os dois andares que separavam meu quarto da cozinha, e a primeira coisa que fiz, depois de cumprimentar Fritz, foi procurar o anúncio na seção de classificados do *Times*. Foi a primeira risada. Não significava nada, pessoal ou profissionalmente, pois a chance de obter uma resposta era ainda menor do que minha estimativa de uma em um milhão. A segunda risada veio depois, quando eu atacava os *muffins* de milho e as lingüiças — Fritz levara o café da manhã de Wolfe para cima, conforme o costume — tendo o *Times* à minha frente e o telefone tocou. Quase derrubei a cadeira ao levantar para atendê-lo. Não era alguém respondendo ao anúncio. Um sujeito em Long Island desejava saber se poderíamos arranjar três exemplares floridos de *Vanda caerulea*. Eu disse que não vendíamos plantas, e que de qualquer modo aquelas *Vandas* não floresciam em maio.

O caso de Pete reapresentou-se a nós antes do meio-dia, mas não por causa do anúncio. Wolfe tinha acabado de descer ao escritório, vindo da estufa, e se acomodara à mesa para dar uma olhada na correspondência matinal quando a campainha tocou. Seguindo para o hall, ao espiar pelo vidro da porta da frente não precisei abri-la para perguntar o que o visitante desejava. Aquele ali sempre queria ver Wolfe, e sua chegada às onze em ponto garantia minha dedução.

Dei meia-volta e avisei Wolfe:

— Inspetor Cramer.

Ele fechou a cara.

— O que quer?

— Devo perguntar a ele?

— Sim. Não. Pode deixar.

Voltei para recebê-lo. No caminho ele resmungou um cumprimento, se é que se poderia chamar aquilo de cumprimento, e pela expressão em seu rosto não tinha vindo para dar uma medalha a Wolfe. A cara grande e vermelha de Cramer, acompanhada do corpo troncudo, nunca transmitia um sentimento de camaradagem. Mesmo assim, ele também tinha seus altos e baixos, e naquela manhã não era um momento alto. Entrou no escritório na minha frente, fez o mesmo arremedo de cumprimento para Wolfe, sentou-se na poltrona de couro vermelho e encarou Wolfe friamente. Wolfe o encarou de volta.

— Por que colocou aquele anúncio no jornal? — Cramer perguntou autoritário.

Wolfe ignorou-o, manipulando a pequena pilha de papéis que acabara de tirar dos envelopes em cima da mesa.

— Archie — disse —, esta carta de Jordan é ridícula. Ele sabe muito bem que eu não utilizo *Brassavolas* em cruzamentos trigenéricos. Ele não merece uma resposta, mas a terá mesmo assim. Pegue o bloco. Caro senhor Jordan. Tenho consciência de seus infortúnios com...

— Pare com isso — Cramer disse irritado. — Muito bem. Colocar um anúncio no jornal não é contravenção, mas eu fiz uma pergunta educada.

— Não — Wolfe disse lacônico. — Educada?

— Então formule você a pergunta. Sabe o que eu quero descobrir. Como quer que eu pergunte?

— Gostaria primeiro de ser informado do motivo de seu interesse.

— Porque acredito que está encobrindo algo ou alguém relacionado a um homicídio. Isso já aconteceu antes. De acordo com o que contou a Stebbins ontem, não se interessa pelo assassinato daquele moleque e, portanto, não tem um cliente. Sendo assim, não gastaria um tostão furado nisso. Você? Nunca. E certamente não iniciaria uma investigação capaz de obrigá-lo a desperdiçar sua energia. Eu poderia ter perguntado diretamente quem é seu cliente, mas não, eu me restrinjo ao fato mais simples, por que colocou o anúncio? Se isso não é uma pergunta educada, civilizada, então me explique como perguntar direito.

Wolfe aspirou profundamente e soltou um suspiro.

— Archie. Por favor, conte a ele.

Eu fiz o favor. Não demorou muito, pois ele já dispunha do relatório de Purley, e eu só precisei explicar que nós decidimos nos livrar do dinheiro de Pete, ao qual acrescentei um dólar e oitenta e cinco centavos do meu bolso. Nesse ínterim os olhos cinzentos e duros de Cramer cravaram-se em mim. Eu freqüentemente enfrentava aqueles olhos, tendo de ganhar tempo, fingir ou inventar evasivas; assim, eles não me incomodavam muito quando eu estava dando o serviço sem maiores rodeios.

Depois que ele fez um par de perguntas e elas foram respondidas, ele olhou para Wolfe e indagou abrupto:

— Conhece um homem chamado Matthew Birch, ou já ouviu falar dele?

— Sim — Wolfe retrucou seco.

— Ah. Entendo. — Os olhos cinzentos brilharam durante uma fração de segundo. Se eu não os conhecesse tão bem não teria percebido. — Pretendo continuar sendo educado. Seria possível dizer onde e quando?

— Sim. No *Gazette*, anteontem, quarta-feira. Como sabe, jamais saio desta casa a serviço, e raramente saio daqui, seja por que motivo for. Dependo dos jornais e do rádio para me manter informado das preocupações e atividades de meus semelhantes. Conforme a notícia, o corpo de um homem chamado Matthew Birch foi encontrado na noite de terça, na verdade já na madrugada de quarta-feira, por volta de três da manhã... em um beco pavimentado, próximo a um píer da rua Sul. Pensavam que um carro o tivesse atropelado.

— Isso. Vou tentar reformular a questão. Tirando as notícias de rádio e jornal relacionadas com a morte dele, já tinha encontrado o sujeito ou ouvido falar dele?

— Não com este nome.

— Droga, com algum outro nome?

— Não que eu saiba.

— Tem alguma razão para supor ou suspeitar que o homem encontrado morto naquele beco fosse alguém que já conhecesse ou tivesse visto, em algum momento ou situação?

— Agora sim — Wolfe disse satisfeito. — Isso resolve o problema. A resposta é não. Posso fazer uma pergunta? Tem alguma razão ou motivo para supor que a resposta pudesse ser sim?

Cramer não respondeu. Ele baixou a cabeça até encostar o queixo no nó da gravata, mordeu os lábios, olhou para mim por um longo tempo e voltou-se para Wolfe.

— Foi por isso que vim. Levando-se em conta o recado que o menino mandou pela mãe, e o modo como o carro arrancou repentinamente, estando antes parado, a coisa já não parecia acidente, e agora há outras complicações; e, quando eu encontro problemas complicados que o envolvem, fico com vontade de saber exatamente em que ponto e como você entra na história, e onde sai dela.

— Perguntei a respeito de motivos, não de vontade.

— Não é só vontade. A complicação é a seguinte. O carro que matou o menino foi encontrado na manhã de ontem, ainda com a chapa fria de Connecticut, estacionado na rua 186. O pessoal da polícia técnica trabalhou nele o dia todo. Eles têm certeza de que foi o veículo responsável pela morte do menino, mas não é só isso. Debaixo do carro, preso ao conjunto do eixo e suspensão, bem agarrado, encontraram um pedaço de pano, do tamanho da mão de um homem. O pedaço de pano, uma aba, havia sido rasgado do bolso do paletó que foi encontrado vestindo o corpo de Matthew Birch. A polícia técnica procura outras provas de que o carro matou Birch, mas eu não sou idiota e não preciso delas. Concorda?

Wolfe foi paciente.

— Como hipótese de trabalho, caso eu estivesse investigando o caso, concordo.

— Mas esta é a questão. Você *está* investigando o caso. Colocou o anúncio.

A cabeça de Wolfe moveu-se lentamente de um lado para outro, para sublinhar sua negativa civilizada.

— Concordo — ele disse — que sou capaz de dizer disparates, e que em certas ocasiões eu o iludi e enganei, mas sabe muito bem que abomino a grosseria de uma mentira explícita. Afirmo que os fatos relatados por nós nesta questão são completos e verdadeiros, e que não possuo cliente relacionado com o caso, direta ou indiretamente, e que não estou engajado nisso, e nem pretendo estar. Seguramente concordo que...

O telefone tocou, interrompendo-o. Fui até minha mesa.

— Escritório de Nero Wolfe. Fala Archie Goodwin.

— Posso falar com o senhor Wolfe, por favor? — A voz era baixa, nervosa, e feminina.

— Vou ver se ele pode atender. Seu nome?

— Ele não me conhece. Eu gostaria de vê-lo... é a respeito de um anúncio no *Times* de hoje. Gostaria de marcar uma hora.

Mantive o tom despreocupado.

— Eu me encarrego da agenda. Poderia dizer seu nome, por favor?

— Prefiro fazer isso... quando chegar aí. Posso passar ao meio-dia?

— Aguarde na linha por um instante. — Consultei a agenda sobre a mesa, abrindo na página da semana seguinte. — Sim, está perfeito, se for pontual. Tem o endereço?

Ela disse que tinha. Desliguei e comuniquei a Wolfe:

— Alguém querendo ver as orquídeas. Cuidarei disso, como de costume.

Ele retomou a conversa com Cramer. — Seguramente concordo que as evidências de que o menino e Matthew Birch foram mortos pelo mesmo carro constituem uma complicação merecedora de atenção especial, mas na verdade isso simplifica as coisas para vocês. Mesmo que a chapa seja fria, podem descobrir algo sobre o carro em si.

A expressão de Cramer havia retornado ao olhar frio inicial.

— Eu nunca poderia imaginá-lo como um mentiroso grosseiro. Jamais o vi cometer uma grosseria. — Ele se ergueu. Na presença de Wolfe fazia questão de se levantar usando a força dos músculos das pernas apenas, pois Wolfe precisava da ajuda das mãos e dos braços. — Nunca — ele disse —, grosseiro não. — Virou-se e seguiu para o hall.

Fui até o hall para fechar a porta à sua passagem e voltei para minha mesa no escritório.

— A carta para o senhor Jordan — Wolfe ordenou.

— Sim, senhor. — Apanhei o bloco de anotações. — Primeiro, contudo, devo dizer que era uma chance em um milhão, só que desta vez acertamos. Uma mulher telefonou agora há pouco, por causa do anúncio. Não disse o nome, e eu não quis pressioná-la, tendo uma visita aqui. Ela marcou hora para o meio-dia de hoje.

— Com quem?

— Com você.

Ele apertou os lábios. Depois relaxou.

— Archie. Isso é insuportável.

— Sei muito bem. Mas, considerando que Cramer não estava sendo educado, pensei que seria mais interessante que você conversasse um pouco com a tal senhora antes de telefonar a ele para vir buscá-la. — Olhei para o relógio na parede. — Ela vai estar aqui em vinte minutos... se vier.

Ele grunhiu.

— Caro senhor Jordan...

4

Ela veio. Enfeitou bem mais a poltrona vermelha do que o inspetor Cramer, ou a maioria dos milhares de ocupantes que eu já vira ali, mas sem dúvida estava nervosa. Depois que abri a porta e a convidei para entrar, pensei que fosse dar meia-volta e fugir, e quase o fez, mas finalmente conseguiu que suas pernas obedecessem a ela e entrou, permitindo que eu a conduzisse até o escritório.

O arranhão na face esquerda, descendo até o canto da boca, era leve porém visível em sua pele lisa e clara, e não admira que Pete, ao olhar direto para seu rosto, tivesse notado os brincos de aranha. Concordei com ele, eram de ouro, e tão visíveis quanto o arranhão. Apesar do arranhão, dos brincos e do nervosismo que a agitava, ela parecia ótima na poltrona vermelha. Tinha mais ou menos a minha idade, o que não era ideal, mas eu não fazia restrições à maturidade, se não fosse excessiva.

Quando Wolfe perguntou, sem se mostrar por demais mal-humorado, o que poderia fazer por ela, a senhora abriu a bolsa e tirou dois pedaços de papel. A bolsa era de camurça verde, mole, do mesmo tipo que o casaco que usava por cima de um vestido de tecido verde-escuro e da pequena boina que pendia torta em sua cabeça. Tudo combinando perfeitamente.

— Isto — ela disse — é apenas um recorte do seu anúncio. — Ela devolveu o papel para dentro da bolsa. — E isto aqui é um cheque de quinhentos dólares, em seu nome.

— Posso vê-lo, por favor?

— Não pode... por enquanto. Meu nome está escrito nele.

— Foi o que imaginei.

— E eu pretendo... fazer algumas perguntas antes de revelar meu nome.

— Que perguntas?

— Bem... sobre o menino. O menino a quem eu pedi que chamasse a polícia. — Sua voz não poderia ser considerada ruim, nem um pouco, na verdade eu até a apreciaria, se não fosse tão nervosa. Ela estava cada vez mais agitada. — Gostaria de vê-lo. Pode providenciar para que eu fale com ele? Ou quem sabe... possa me dar o nome e endereço. Creio que seja o bastante, por quinhentos dólares... sei que cobra caro. Ou talvez eu queira... mas primeiro me diga isso.

Wolfe invariavelmente mantinha os olhos, quando estavam abertos, fixos na pessoa com quem falava, mas me chamou a atenção o fato de ele brindar aquela visitante com uma inspeção especialmente detalhada. Wolfe virou-se para mim:

— Archie. Por favor, examine mais de perto o arranhão na face.

Levantei-me para poder obedecer. Havia opções para ela: ficar sentada e permitir que eu olhasse, cobrir o rosto com as mãos ou levantar-se e ir embora; mas, antes que ela pudesse fazer uma escolha, lá estava eu, debruçado, os olhos a apenas um palmo de sua face.

Ela começou a dizer algo, mas parou quando me levantei e disse a Wolfe:

— Feito com algo pontudo, fino, afiado. Pode ter sido uma agulha, mas parece mais a ponta de uma tesourinha.

— Quando?

— Mais provável que tenha sido hoje de manhã, talvez ontem. Não há três dias, de jeito nenhum. — Permaneci do lado dela.

— Mas que insolência! — ela exclamou abandonando a poltrona. — Ainda bem que não disse meu nome! — Ela não conseguiria ir embora sem passar por cima de mim.

— Bobagem. — Wolfe foi seco. — Jamais conseguiria me enganar, mesmo que não houvesse o erro do arranhão, a não ser que tivesse sido espetacularmente bem treinada. Descreva o menino. Descreva os outros ocupantes do carro. A que horas aconteceu? O que o menino disse? O que ele fez, exatamente? E assim por diante. Quanto a seu nome, não tem mais escolha. O senhor Goodwin pode pegar sua bolsa, à força se necessário, e examinar o conteúdo. Se reclamar, somos dois contra um. Sente-se, madame.

— Isso é revoltante!

— Não. Apenas uma reação justificada à sua tentativa de nos tapear. Não está sendo coagida a nada, mas, se sair agora, deixará seu nome aqui. Sente-se e discutiremos o problema, mas antes diga seu nome.

Ela devia ser excessivamente otimista, para pensar que podia entrar no escritório de Nero Wolfe e passar a perna nele, mas ela não era tonta. Parou, analisando a situação; todos os sinais de nervosismo haviam desaparecido; chegou a uma conclusão, abriu a bolsa e tirou um documento, que mostrou a Wolfe.

— Minha carteira de motorista.

Ele a pegou, examinou-a e devolveu-a. A mulher sentou-se.

— Sou Laura Fromm — disse. — A senhora Damon Fromm. Sou viúva. Minha residência em Nova York é no número setecentos e quarenta e três da rua 68 Leste. Terça-feira, dirigindo um carro na rua 35, pedi a um menino que chamasse a polícia. Presumi, pelo anúncio, que poderia me conduzir ao menino. Pagarei por este serviço.

— Então não admite que se trata de uma impostura.

— Não, certamente.

— A que horas isso aconteceu?

— Não importa.

— O que o menino fazia quando falou com ele?

— Nem isso.

— A que distância o menino se encontrava quando falou com ele, e a senhora gritou ou não?

Ela balançou a cabeça.

— Não pretendo responder nenhuma pergunta sobre o caso. Por que deveria?

— Mas sustenta que dirigia o carro e disse ao menino para chamar a polícia.

— Sim.

— Então está numa sinuca. A polícia quer interrogá-la sobre um assassinato. Na quarta-feira o carro atropelou o menino, matando-o. Intencionalmente.

Ela engasgou.

— O quê?

— Foi o mesmo carro. Aquele que estava dirigindo na terça, quando o menino falou com a senhora.

Ela abriu a boca e a fechou novamente. Depois emitiu as palavras:

— Não acredito.

— Vai acreditar. A polícia explicará como sabe que se trata do mesmo carro. Não há dúvida alguma quanto a isso, senhora Fromm.

— Estou falando na história toda... está inventando isso. É muito pior do que desprezível...

Wolfe moveu a cabeça.

— Archie, pegue o *Times* de ontem.

Procurei o jornal na prateleira em que eles ficam guardados por uma semana. Tendo-o aberto na página oito, dobrei o exemplar e mostrei-o a Laura Fromm. Sua mão tremia um pouco quando o pegou, e para manter o jornal firme enquanto lia ela precisou da ajuda da outra mão.

Demorou-se bastante na leitura. Quando seus olhos se ergueram, Wolfe disse:

— Não há nada aí indicando que Pete Drossos era o menino com quem falou na terça-feira, mas não precisa acreditar na minha palavra. A polícia confirmará isso.

Seus olhos faiscaram, movendo-se de um lado para o outro, de Wolfe para mim e de volta para ele, parando então em mim.

— Eu quero... gostaria de tomar um pouco de gim...

Ela havia deixado o jornal caído no chão. Eu o apanhei e perguntei:

— Puro?

— Pode ser. Ou um Gibson.

— Com cebola?

— Não, obrigada. Mas prepare um duplo.

Fui à cozinha buscar os ingredientes e o gelo. Enquanto mexia, pensei: ela estava danada caso esperasse alguma cooperação da parte de Wolfe, tendo pedido um gim, já que na opinião dele só os bárbaros tomavam gim. Foi este o provável motivo de ele estar recostado, de olhos fechados, quando entrei com a bandeja e a coloquei na mesinha ao lado da poltrona. Enchi o copo e servi o drinque. Ela primeiro balançou o copo, depois deu um golinho e balançou-o de novo. Nesse meio tempo manteve os olhos baixos, presumidamente para evitar que eu visse através deles e flagrasse sua mente trabalhando.

Ela finalmente esvaziou o copo, no segundo gole, devolveu-o à bandeja e falou.

— Um homem dirigia o carro quando o menino foi atropelado.

Wolfe abriu os olhos.

— A bandeja, Archie.

O cheiro do gim, especialmente a apenas meia hora do almoço, era obviamente repulsivo. Levei o vil objeto à cozinha e retornei.

— ...mas isso não é conclusivo — Wolfe dizia —, uma vez que vestida de homem a senhora poderia passar por um, desde que evitasse um exame detalhado. Mas admito que seja relevante. De qualquer modo, não estou presumindo que matou o menino. Estou dizendo apenas que, ao ser atraída por aquele anúncio, aparecer usando os brincos e falsificando o arranhão, a senhora se envolveu e, se insistir que estava dirigindo o carro na terça-feira, está plenamente caracterizada como uma burra maluca.

— Não era eu.

— Assim é melhor. Onde estava na tarde de terça-feira, entre seis e meia e sete horas?

— Em uma reunião do Comitê Executivo da Associação de Auxílio às Pessoas Desamparadas. A reunião durou até as sete. Era uma das causas abraçadas por meu marido, e eu passei a cuidar disso.

— E onde estava na quarta-feira, entre seis e meia e sete horas?

— Foi quando... oh. O menino foi... claro. Isso foi anteontem. — Ela fez uma pausa, não muito longa. — Eu estava tomando um drinque no Churchill, com um amigo.

— O nome do amigo, por favor.

— Isso é ridículo.

— Sei que é. Quase tão ridículo quanto aquele arranhão em seu rosto.

— O nome de meu amigo é Dennis Horan. Um advogado.

Wolfe balançou a cabeça.

— Mesmo assim, prepare-se para alguns momentos desagradáveis. Duvido que tenha se envolvido voluntariamente com um assassinato. Tenho uma certa experiência na observação das reações faciais, e não acredito que seu choque ao saber da morte do menino tenha sido falso; mas é melhor botar a cabeça em ordem. Será interrogada. Mas não por mim. Não quero saber por que tentou esta farsa, pois não tenho interesse no caso, mas a polícia vai insistir na questão. Não tentarei segurá-la aqui; pode ir. Eles a procurarão logo.

Seus olhos estavam mais brilhantes, e o queixo mais alto. O gim não demorou para fazer efeito.

— Eu não serei procurada por eles. Por que deveria? — perguntou confiante.

— Porque desejarão saber o motivo de sua visita.

— Quero dizer, por que precisa contar a eles?

— Porque eu oculto informações referentes a um crime apenas quando tenho interesse nisso.

— Não cometi nenhum crime.

— Será isso que desejarão que prove, mas não bastará para aplacar a curiosidade deles.

Ela me encarou, e eu sustentei seu olhar. Posso não ser nenhum Nero Wolfe em matéria de ler expressões no rosto alheio, mas também tenho uma certa experiência nisso, e juro que ela me avaliava, tentando decidir se havia algum modo de me convencer a ficar a seu lado no caso de resolver que era melhor mandar Wolfe pentear macaco. Tornei a coisa mais fácil para ela tentando parecer masculino, virtuoso e resoluto, sem bancar o hostil, entretanto. Percebi em seu rosto que desistira de mim. Depois de me considerar um caso perdido, ela abriu a bolsa de camurça verde, tirou uma carteira de couro e uma caneta, abriu a carteira sobre a mesinha e debruçou-se para escrever. Depois arrancou o pequeno retângulo de papel do bloco e ergueu-se da poltrona para colocá-lo na frente de Wolfe, sobre a mesa.

— Isso é um cheque de dez mil dólares — ela disse.

— É mesmo.

— Trata-se de um sinal.

— Para quê?

— Ora, não estou tentando suborná-lo. — Ela sorriu. Foi a primeira vez que teve uma reação parecida com um sorriso, e marcou um ponto comigo por isso. — Ao que parece precisarei de conselhos de um especialista, e talvez ajuda profissional, e você já conhece o caso, e eu não quero... não acho que valha a pena consultar meu advogado, pelo menos não por enquanto.

— Nada disso. Está querendo me pagar para que eu não conte nada à polícia sobre sua visita.

— Não é bem assim. — Seus olhos brilhavam, mas não eram meigos. — Está bem, é isso mesmo, mas não tem nada de mais. Sou a senhora Damon Fromm. Meu marido me deixou uma imensa fortuna, inclusive vastas propriedades em Nova York. Tenho uma posição de destaque, e responsabilidades. Se contar isso para a polícia, posso providenciar para falar com o comissário, e não creio que ele vá me maltratar, mas prefiro evitar tal coisa. Se puder vir à minha casa amanhã ao meio-dia, tenho certeza de que...

— Eu não vou à casa dos outros.

— Ah, é mesmo, não vai. — Ela franziu o cenho, mas apenas por um instante. — Então virei até aqui.

— Amanhã ao meio-dia?

— Não, se o encontro vai ser aqui é melhor marcarmos às onze e meia, pois tenho um compromisso à uma. Até lá não revelará minha visita a ninguém. Eu gostaria... preciso ver alguém. Quero descobrir uma coisa. Amanhã contarei tudo a respeito... não, não posso afirmar isso. Mas posso adiantar o seguinte: se amanhã eu não lhe contar tudo, pode informar minha visita à polícia, se achar necessário. Se eu resolver lhe contar tudo, precisarei de seus conselhos, e provavelmente de sua ajuda. O adiantamento é para isso.

Wolfe grunhiu. Sua cabeça moveu-se para o lado.

— Archie. Ela é a senhora Damon Fromm?

— Diria que sim, mas não posso jurar.

Ele se dirigiu a ela.

— Madame, tentou uma impostura e a abandonou apenas sob pressão; esta pode ser mais uma jogada. O senhor Goodwin irá até um jornal procurar uma fotografia da senhora Damon Fromm nos arquivos e telefonará de lá. Em meia hora deveremos confirmar o que diz. Enquanto isso ficará aqui comigo.

Ela sorriu de novo.

— Isso *é* ridículo.

— Sem dúvida. Mas, levando-se em conta as circunstâncias, é razoável. Recusa-se?

— Claro que não. Creio que eu o mereço.

— Não tem nada a opor?

— Não.

— Então não será necessário. É mesmo a senhora Fromm. Antes que saia, um esclarecimento e uma pergunta. O esclarecimento: minha decisão de aceitar ou não seu sinal e o serviço será tomada amanhã; não é cliente no momento. A pergunta: sabe quem era a mulher que estava guiando o automóvel na terça-feira e falou com o menino?

Ela balançou a cabeça.

— Tome sua decisão amanhã, tudo bem, mas não conte nada sobre minha visita até lá, está bem?

— Está bem. Isso ficou claro. A pergunta?

— Não vou responder agora porque não posso. Na verdade, não *sei*. Espero respondê-la amanhã.

— Mas acha que sabe? — Wolfe insistiu.

— Não responderei nada agora.

Ele franziu as sobrancelhas para ela.

— Senhora Fromm. Devo preveni-la. Conhece ou já ouviu falar de um homem chamado Matthew Birch?

Ela franziu as sobrancelhas de volta.

— Não. Birch? Não. Por quê?

— Um homem com este nome foi atropelado por um carro e morto na noite de terça-feira, e o carro era o mesmo que matou Pete Drossos na quarta. Como o carro em si não pode ser considerado maligno e implacável, alguém associado a ele deve sê-lo. Estou alertando-a para que não aja precipitadamente, nem de modo imprudente. A senhora não me contou quase nada, portanto não sei que desgraças iminentes ou perigosas pode estar atraindo, mas eu a advirto: cuidado!

— O mesmo carro? Matou um homem na terça-feira?

— Sim. Como não o conhece, não está envolvida, mas peço que seja discreta.

Ela se sentou, carrancuda.

— Eu sou discreta, senhor Wolfe.

— Não o foi hoje, com aquele golpe tolo.

— Ah, engana-se! Eu *estava* sendo discreta! Ou tentando, pelo menos. — Ela pegou a carteira de couro e a caneta em cima da mesa, guardou-as na bolsa e a fechou, levantando-se depois. — Agradeço pelo gim, mas gostaria de não tê-lo pedido. Não deveria. — Ela estendeu a mão.

Wolfe normalmente não se levanta quando uma mulher entra ou sai do escritório. Mas daquela vez ele o fez, e não foi um tributo especial a Laura Fromm, ou mesmo ao cheque que ela havia colocado sobre a mesa. Era hora do almoço, e ele teria de manipular seu corpanzil de qualquer maneira, em um minuto. Sendo assim, levantou-se para apertar a mão dela. Eu, claro, ergui-me, pronto para conduzi-la até a porta, e pensei que seria incrivelmente gracioso da parte dela estender a mão para mim também, depois de tê-la afugentado com meu olhar incorruptível. Quase trombei com ela quando, à minha frente, caminhando em direção à porta, ela se virou para dizer a Wolfe:

— Esqueci-me de perguntar. O menino, Pete Drossos, era uma pessoa desamparada?

Wolfe disse que não sabia.

— Não poderia descobrir? E me dizer amanhã?

Ele disse que poderia.

Não havia carro algum esperando por ela na frente da casa. Aparentemente a falta de vagas para estacionar levara a sra. Damon Fromm a recorrer a táxis. Quando retornei ao escritório Wolfe não estava mais lá; achei-o na cozinha, erguendo a tampa de uma panela fumegante de costeletas de cordeiro com toicinho e tomates. Seu cheiro era bom o suficiente para abrir o apetite.

— Devo admitir uma coisa — eu disse generoso. — Tem olhos espetacularmente bons. Mas, claro, o rosto das mulheres bonitas é tão irresistível que você lamentou o arranhão, concentrando-se nele.

Ele ignorou o comentário.

— Vai ao banco depois do almoço para depositar o cheque do senhor Corliss?

— Sabe que vou.

— Vá também ao banco da senhora Fromm e mande visar o cheque. Eles verificarão a assinatura. Fritz, está ainda melhor do que na última vez. Plenamente satisfatório.

5

Antes do meio-dia do dia seguinte, sábado, eu dispunha de uma série de dados sobre nossa cliente potencial. Para começar, cinco minutos passados no arquivo do *Gazette*, por cortesia de meu amigo Lon Cohen, confirmaram que se tratava mesmo da sra. Damon Fromm. Ela possuía algo entre cinco e vinte milhões e, como era improvável que algum dia pretendêssemos cobrar dela mais do que um milhão ou dois, não me aprofundei no tema. O marido, que tinha quase o dobro da idade dela, morrera havia dois anos de ataque do coração, deixando tudo para a mulher. Sem filhos. Seu nome de solteira era Laura Atherton, uma família de respeitáveis cidadãos da Filadélfia, e estava casada com Fromm havia sete anos, quando este morreu.

Fromm herdara uma pilha de dinheiro, que transformou em montanha, basicamente com a indústria química. O fato de ele contribuir com várias organizações levou muitos diretores, diretoras e secretárias executivas a demonstrar um interesse profundo e decente nos termos do testamento, após sua morte, mas, a não ser por algumas poucas doações, ficou tudo para a viúva. Esta, contudo, seguiu contribuindo; foi generosa também com seu tempo e energia, dando atenção especial para a Assaped, nome no código telegráfico para a Associação de Auxílio às Pessoas Desamparadas, normalmente utilizado pelas pessoas que poupavam o fôlego.

Se estou dando a impressão de ter passado longas horas em um trabalho exaustivo de pesquisa, devo fazer uma retificação. Quinze minutos com Lon Cohen, após uma consulta rápida ao arquivo do *Gazette*, bastaram para me dar todas as informações acima, exceto um item, que consegui no nosso banco. Não havia perigo de Lon sair dizendo por aí que Nero Wolfe andava curioso com relação à sra. Damon Fromm, uma vez que ele nos devia tantos furos de reportagem quanto nós lhe devíamos fofocas.

Faltando quinze para o meio-dia, no sábado pela manhã, Wolfe encontrava-se sentado no escritório, e eu parado, em pé, ao lado da mesa, quase tocando seu cotovelo. Conferíamos a conta de despesas de Corliss (nome fictício), o fabricante de máquinas (ramo fictício). Wolfe acreditava ter encontrado um erro de vinte dólares ali, e coube a mim provar que ele estava enganado. Descobri que havia feito um lançamento errado. Vinte dólares atribuídos a despesas de Orrie Cather deveriam ter sido lançados na conta de Saul Panzer, o que me deixou desolado, mas, como isso não fez diferença no total geral, dei o caso como empatado. Depois de recolher a papelada, seguindo para o arquivo, olhei no relógio. Um minuto para o meio-dia.

— Vinte e nove minutos passados desde as onze e meia — comentei. — Devo telefonar para ela?

Ele resmungou que não, e eu fui até o cofre pegar o talão de cheques e providenciar o pagamento de algumas contas domésticas, enquanto Wolfe girava o dial do rádio para ouvir o noticiário do meio-dia. Sentei-me para preencher os canhotos, enquanto meus ouvidos escutavam mas eu mal ouvia:

"A conferência das Bermudas a acontecer em breve com os líderes dos Estados Unidos, Grã-Bretanha e França, cuja realização tornou-se duvidosa com a queda do primeiro-ministro Mayer, ocorrerá como previsto, provavelmente. Julga-se que o sucessor de Mayer assumirá seu posto a tempo de ocupar o lugar vago à mesa de negociações.

"Especula-se em Tóquio que o intervalo de três dias nas negociações para uma trégua na Coréia, solicitado pelas Nações

Unidas, visa permitir novas consultas entre representantes das potências das Nações Unidas nos Estados Unidos e no quartel-general em Tóquio, do general Mark W. Clark, comandante das Nações Unidas.

"O corpo da senhora Damon Fromm, milionária caridosa e socialite de Nova York, foi encontrado na manhã de hoje em uma passagem entre os pilares da via elevada do East Side em construção atualmente. Segundo a polícia, ela foi atropelada por um carro, e não se acredita em acidente.

"Cerca de um milhão, duzentos e cinqüenta mil nova-iorquinos tiveram uma demonstração impressionante do poderio das Forças Armadas norte-americanas..."

Wolfe não desligou o rádio. Ao que pude concluir por sua expressão, ele continuava atento. Mas quando se passaram cinco minutos começou a ficar carrancudo e, depois de girar o botão do aparelho, fechou a cara, sem procurar disfarçar.

— É — falei.

Poderia ter feito uma dúzia de comentários diferentes, mas nenhum deles ajudaria em nada. Wolfe com certeza não precisaria ser lembrado de que a prevenira para não ser precipitada ou imprudente. Além disso, sua carranca não encorajava comentários. Depois de algum tempo ele levou as palmas das mãos aos braços da cadeira e moveu-as para a frente e para trás, lentamente, produzindo um som sibilante ao alisar o tecido do revestimento. Isso prosseguiu por um período razoável, depois ele cruzou os braços e endireitou-se na poltrona.

— Archie.

— Sim, senhor.

— Quanto tempo demorará para datilografar um registro de nossa conversa com a senhora Fromm? Não precisa ser ao pé da letra. Sua memória privilegiada poderia chegar bem perto disso, mas não é necessário. Apenas o fundamental, o adequado, como em um relatório para mim.

— Poderia ditá-lo.

— Não estou com disposição para ditados.

— Deixo algo de fora?

— Inclua apenas o que for significativo. Não inclua a parte em que lhe digo que o mesmo carro matou Pete Drossos e Matthew Birch, uma vez que isso não foi publicado.

— Vinte minutos.

— Bata na forma de uma declaração a ser assinada por você e por mim. Dois carbonos. Date-a e ponha a hora, meio-dia de hoje. Leve o original para o escritório do senhor Cramer imediatamente.

— Meia hora. Para uma declaração assinada prefiro tomar mais cuidado.

— Muito bem.

Estourei minha previsão, mas o atraso não chegou a cinco minutos. Ocupou três páginas, e Wolfe lia cada uma assim que ficava pronta. Não fez correções, nem mesmo comentários, o que dava uma indicação ainda mais forte de seu estado de espírito do que a recusa em ditar. Nós dois assinamos no final, e eu pus o texto num envelope.

— Cramer não vai estar lá — avisei. — Nem Stebbins. Não depois desta novidade.

Ele disse para entregar a qualquer um, e lá fui eu.

Não sou um estranho na Décima Delegacia na rua 20 Oeste, onde se localiza também a sede da Homicídios de Manhattan Oeste, mas naquele dia não vi rostos familiares até subir ao segundo andar e me aproximar de um sujeito numa escrivaninha, com quem costumava conversar. Eu estava certo. Nem Cramer nem Stebbins. O tenente Rowcliff era o encarregado, e o sujeito ligou avisando que eu queria vê-lo.

Se houvesse vinte pessoas passando fome em uma ilha deserta, inclusive Rowcliff, e chegasse a hora de eleger o primeiro a virar churrasco, eu não votaria em Rowcliff, porque nunca conseguiria digeri-lo. Comparada com a opinião que ele tinha a meu respeito, a minha opinião a respeito dele era até boa. Sendo assim, não fiquei surpreso quando, ao em vez de me mandar entrar, ele surgiu, caminhou na minha direção e fuzilou:

— O que quer aqui?

Tirei o envelope do bolso.

— Isto — eu disse — não é um formulário de inscrição na força policial para que eu possa servir sob suas ordens.

— Graças a Deus, não é. — Ele falava assim mesmo.

— Tampouco se trata de uma intimação...

Ele arrancou o envelope da minha mão, puxou o conteúdo, deu uma olhada no cabeçalho, virou direto para a terceira página e espiou as assinaturas.

— Uma declaração sua e de Wolfe. Uma obra-prima, sem dúvida. Quer um recibo?

— Não será necessário. Posso ler para você, se quiser.

— A única coisa que eu quero é ver você pelas costas. Cai fora.

Mas, sem esperar por isso, ele deu meia-volta e foi embora. Eu disse para o sujeito na escrivaninha:

— Registre, por favor, que entreguei o envelope para o gorila aí à uma hora e seis minutos da tarde. — E me retirei.

Voltando para casa, encontrei Wolfe em pleno almoço, e colaborei na degustação de um omelete de anchovas. Ele não permite que se fale de serviço durante as refeições, e as interrupções estão fora de cogitação. Mais uma demonstração de seu estado de espírito aconteceu, portanto, quando ele atacava uma torta de figo e cereja e o telefone tocou, exigindo minha ida ao escritório. Ao voltar disse a ele:

— Um sujeito chamado Dennis Horan na linha. Deve se lem...

— Sim. O que ele quer?

— Falar com você.

— Ligo de volta em dez minutos.

— Vai sair e não poderá ser localizado.

Ele nem falou diabo. Não se apressou nem um pouco, mas foi. Eu também, e peguei a extensão em minha mesa antes que ele atendesse. Sentou-se e levou o fone ao ouvido.

— Aqui quem fala é Nero Wolfe.

— Sou Dennis Horan, senhor Wolfe, advogado. Aconteceu uma tragédia horrível. A senhora Damon Fromm está morta. Foi atropelada por um automóvel.

— Certo. Quando?

— O corpo foi encontrado às cinco da manhã de hoje. — Tinha voz de tenor, fina, querendo se esganiçar, mas isso poderia ser efeito do choque provocado pela tragédia. — Eu era amigo dela, e cuidava de alguns de seus assuntos. Estou ligando por causa de um cheque que ela lhe deu ontem, no valor de dez mil dólares. Já foi depositado?

— Não.

— Isso é bom. Uma vez que ela está morta, claro, o negócio está desfeito. Prefere mandar o cheque pelo correio, para a casa dela, ou enviá-lo a mim?

— Nenhuma das duas coisas. Vou depositá-lo.

— Mas não será compensado! Cheques assinados por uma pessoa morta não valem...

— Sei disso. Mas este foi visado. Mandei visá-lo no banco em que ela tem conta, ontem à tarde.

— Oh. — Pausa relativamente longa. — Mas, como ela está morta e não pode se beneficiar de seus serviços, uma vez que não pode fazer nada por ela, não vejo como possa pretender... quero dizer, não seria mais correto e ético de sua parte devolver o cheque?

— O senhor não é meu conselheiro em questões de correção e ética, senhor Horan.

— Nem quero ser. Mas, sem qualquer preconceito ou hostilidade, gostaria de saber, nas atuais circunstâncias, como pode justificar o ato de ficar com este dinheiro?

— Vou trabalhar por ele.

— Pretende ganhar o dinheiro trabalhando?

— Sim.

— Como?

— Isso é problema meu. Se o senhor é o representante legal do espólio da senhora Fromm, estou disposto a discutir o assunto, mas não agora, por telefone. Estarei disponível aqui, em meu escritório, de agora até as quatro horas, ou das seis às sete, ou das nove da noite até a meia-noite de hoje.

— Não sei... Não acredito... vou ver.

Ele desligou. Fizemos o mesmo. Voltando para a sala de jantar, Wolfe terminou a torta e tomou café em silêncio. Esperei até que ele retornasse ao escritório e se ajustasse na poltrona para observar:

— Ganhar o dinheiro é bom, mas o principal é ter merecido seus honorários. Sem hostilidade, eu duvido que ter mandado aquela declaração para Rowcliff tenha sido suficiente. Meu ego está coçando.

— Deposite o cheque — ele resmungou.

— Sim, senhor.

— Precisamos de informações.

— Sim, senhor.

— Fale com o senhor Cohen para consegui-las.

— Sobre o quê?

— Tudo. Matthew Birch inclusive, mas compreenda que a ligação dele com a história não deve ser revelada até que a polícia libere a informação ou ele a obtenha de uma fonte diferente. Não lhe conte nada. Pode sair no jornal que eu estou investigando o caso, mas não o motivo de meu interesse.

— Posso dizer que Pete esteve aqui?

— Não.

— Ele ia gostar disso. Seria uma história exclusiva, com um lado humano, para ele. E também mostraria que sua reputação...

Seu punho atingiu a mesa, o que para ele era uma convulsão.

— Não — rugiu. — Reputação? Devo provocar comentários de que é fatal solicitar minha ajuda? Na terça, o menino. Na sexta, a mulher. Ambos estão mortos. Não aceitarei que meu escritório se converta na sala de espera do necrotério!

— Certo. Algo no gênero tinha me ocorrido.

— Estou prevenindo: não o mencione. A pessoa responsável deveria ter sido avisada para não fazer uma coisa dessas. Precisaremos de Saul, Fred e Orrie, mas eu providenciarei isso.

Segui as ordens. Peguei um táxi até o *Gazette*. A recepcionista do terceiro andar não só me conhecia, como também constava, há três ou quatro anos, da lista de pessoas que recebiam uma caixa de orquídeas das estufas de Wolfe, todo semestre. Ela me anunciou a Lon pelo interfone e gesticulou dando a entender que eu devia entrar.

Não sei o cargo ocupado por Lon Cohen no *Gazette*, duvido até que ele saiba. Pessoalmente ou via telex, dias úteis ou domingo, internacional, nacional ou local, ele parece capaz de virar tudo pelo avesso sem dar a impressão de ter trabalhado no caso. Sua mesa é a única em uma sala que mede três por quatro, o que é perfeito, pois de outro modo não haveria espaço para seus pés, que também medem três por quatro. Do tornozelo para cima ele é relativamente normal.

Havia dois colegas em sua companhia quando entrei, mas logo encerraram a conversa e saíram. Apertamos as mãos e ele disse:

— Fique em pé. Você tem dois minutos.

— Você está louco. Uma hora deve dar.

— Hoje não. Estamos a mil por causa do assassinato da senhora Fromm. O único motivo de você ter conseguido entrar foi o fato de eu precisar da autorização para dizer que Nero Wolfe andou fazendo perguntas sobre a senhora Fromm ontem.

— Não acho... — Deixei a frase no ar enquanto me dirigia até a cadeira para sentar. — Não, é melhor não. Mas pode-se dizer que ele está trabalhando no homicídio.

— Está mesmo?

— Sim.

— Quem o contratou?

Balancei a cabeça.

— O contrato veio pelo pombo-correio, e ele não quis me contar quem era.

— Tire as meias e os sapatos enquanto acendo um cigarro. Algumas queimaduras em sua carne macia darão um bom resultado. Quero o nome do cliente.

— J. Edgar Hoover.

Ele soltou um ruído indecoroso.

— Dá só uma pista, para mim?

— Não.

— Mas confirma que Wolfe está trabalhando no caso Fromm?

— Sim. Apenas isso.

— E quanto ao menino, Peter Drossos? E Matthew Birch? Está investigando as mortes deles também?

Olhei para ele espantado.

— Como assim?

— Ora, deixe disso. Esqueceu-se do anúncio de Wolfe no *Times*, querendo encontrar uma mulher usando brincos em forma de aranha, que pediu a um menino na esquina da Nona Avenida com a rua 35 para chamar a polícia? A senhora Fromm usava brincos em forma de aranha, e você esteve aqui ontem, fazendo perguntas sobre ela. Quanto a Birch, o padrão se repete. Seu corpo foi encontrado em um lugar deserto, atropelado por um carro, tudo igualzinho ao caso da senhora Fromm. Repito a pergunta.

— Vou respondê-la. Nero Wolfe investiga o assassinato da senhora Fromm, com seu costumeiro vigor, eficiência e preguiça. Não descansará enquanto não encontrar o filho da mãe ou chegar a hora de dormir, o que vier primeiro. Qualquer menção sobre os outros crimes deve ser feita em página distinta.

— Nenhuma ligação sugerida?

— Não por ele, nem por mim. Se eu pedi informações sobre Birch, foi porque você mesmo trouxe o nome à baila.

— Está bem, espere um pouco. Quero pegar o primeiro clichê.

Ele saiu da sala. Sentei-me e tentei convencer Wolfe a deixar que eu contasse a Lon a melhor parte, sobre a aba do bolso de Matthew Birch encontrada no carro que matou Pete, mas, como Wolfe não se encontrava ali, não fiz muitos progressos. Lon não demorou muito para voltar e, depois de ter se acomodado novamente na mesa, escondendo seus pés imensos atrás dela, eu disse:

— Ainda preciso de uma hora.

— Vamos ver. Não dá para tirar muita coisa dessas migalhas.

Não levou uma hora inteira, só a maior parte. Ele me forneceu praticamente tudo o que eu precisava sem consultar nenhum documento, só com dois telefonemas a colegas.

A sra. Fromm almoçara na sexta-feira no Churchill, com a srta. Angela Wright, secretária executiva da Assaped, a Associação de Auxílio às Pessoas Desamparadas. Presume-se que ela tenha ido ao Churchill após deixar o escritório de Wolfe, mas não mencionei isso a Lon. Depois do almoço, por volta das duas e meia, as duas mulheres foram juntas ao escritório da Assaped, onde a sra. Fromm assinara papéis e dera alguns telefonemas. O *Gazette* não tem registro de suas andanças entre três e quinze e cinco da tarde, mais ou menos, quando ela havia retornado para casa, na rua 68, e passado uma hora despachando com a secretária particular, srta. Jean Estey. De acordo com Lon, Angela Wright enobrecia seu sexo, pois conversava com repórteres, e Jean Estey não, porque se recusava a dar entrevistas.

Pouco antes das sete a sra. Fromm saíra de casa sozinha, para jantar, dirigindo um dos carros que possuía, um Cadillac conversível. O jantar acontecia no apartamento do sr. e sra. Dennis Horan, em Gramercy Park. Não se sabia onde ela havia estacionado o carro, mas sempre há vagas nas redondezas, à noite. Seis pessoas compareceram ao tal jantar:

Dennis Horan, o anfitrião
Claire Horan, sua esposa
Laura Fromm
Angela Wright
Paul Kuffner, especialista em relações públicas
Vincent Lipscomb, editor de revistas

O grupo havia se separado pouco depois das onze, e cada um dos convidados tomara um rumo distinto. A sra. Fromm fora a última a sair. Alguém deu ao *Gazette* a dica de que Horan a acompanhara até o carro, mas a polícia não confirmava o fato, e seria impossível checá-lo. Era tudo o que se sabia sobre o paradeiro de Laura Fromm, até as cinco da manhã de sábado, quando um sujeito a caminho do serviço no mercado de peixe, passando pelo canteiro de obras entre os pilares, encontrou o corpo.

Poucos minutos antes de minha chegada ao *Gazette* o promotor distrital anunciara que a sra. Fromm havia sido atropelada por seu próprio carro. O conversível fora encontrado entre a Sexta e a Sétima Avenida, estacionado, a menos de cinco minutos a pé da Décima Delegacia. O automóvel fornecera não só provas disso, como também uma chave de roda pesada, achada no assoalho do veículo, utilizada para golpear a nuca da sra. Fromm. Quer o assassino estivesse escondido no carro, coberto por um tapete, no banco traseiro, quando a sra. Fromm saiu guiando, quer ele tenha sido admitido na frente pela própria vítima, naquela hora ou depois, parecia bem provável que ele tivesse escolhido o momento e o local mais adequados para golpeá-la com a chave de roda, tomado seu lugar ao volante, dirigindo até um local deserto, sem testemunhas naquele horário, atirado a vítima para fora e passado por cima dela com o carro. Teria sido muito interessante e instrutivo seguir para o local e acompanhar o trabalho da polícia técnica no carro, mas eles não me deixariam chegar nem a um quilômetro dele, e além disso eu estava ocupado com Lon.

Pelo que o *Gazette* sabia, até o momento continuava tudo no ar, sem suspeito identificado quer pela polícia quer por um talento externo. Claro, os presentes ao tal jantar entraram na lista, mas poderia ter sido qualquer um que soubesse onde a sra. Fromm estava, e até mesmo alguém que não o soubesse. Lon não tinha palpites para dar no caso, embora uma moça do *Gazette* estivesse curiosa para saber da atitude da sra. Horan quanto à evolução da amizade entre seu marido e a sra. Fromm.

Fiz uma objeção.

— Mas, se você quiser encaixar Pete Drossos e Matthew Birch, isso não serve. A não ser que descubra a ligação. Quem foi Matthew Birch?

Lon resmungou:

— Quando sair compre o *Gazette* de quarta-feira.

— Tenho um em casa, e já o li. Mas isso foi há três dias.

— Não mudou nada até agora. Ele era agente especial do Serviço de Imigração e Naturalização, trabalhava lá há vinte anos, com mulher e três filhos. Tinha apenas vinte e dois dentes, aparência de estadista preocupado, vestia-se bem demais para sua renda e não era lá muito popular entre os colegas. Apostava nas corridas com Danny Pincus.

— Você disse que pôs Birch na lista por causa do padrão. Haveria alguma outra razão?

— Não.

— Só para Goodwin, seu velho amigo de confiança. Não mesmo?

— Não.

— Então vou lhe fazer um favor, esperando a retribuição com juros, assim que for possível. Trata-se de informação supersecreta. A polícia conseguiu provar que o carro que matou Pete Drossos foi o mesmo que matou Birch.

Seus olhos se arregalaram.

— Não!

— Sim.

— Provou como?

— Sinto muito, esqueci. Mas não resta dúvida nenhuma.

— Minha nossa! — Lon esfregou as mãos. — Isso é perfeito, Archie. Perfeito. Pete e a senhora Fromm, os brincos. Pete e Birch, o carro. Isso liga Birch à senhora Fromm. Compreende agora que o *Gazette* tem um bom motivo para suspeitar que os três assassinatos estejam relacionados, e agir em conformidade com isso, não?

— Desde que fique na suspeita, tudo bem.

— Certo. Quanto ao carro em si... como sabe, a chapa era fria; o carro foi roubado em Baltimore, há quatro meses. Passou por mais duas pinturas.

— Isso não saiu no jornal.

— Liberaram a informação ao meio-dia. — Lon inclinou-se para mim. — Escute, tive uma idéia. Como pode ter certeza absoluta de que eu sou de confiança se não confiar em mim? Eis sua chance de comprovar isso. Diga como eles sabem que foi o mesmo carro que matou Birch e o menino. Depois eu esqueço.

— Eu esqueci antes. — Levantei-me e alisei a perna da calça. — Meu Deus, você é um esganado! Os cachorros só devem comer uma vez por dia, e você já ganhou sua ração.

6

Passava das quatro da tarde quando retornei à rua 35, e o escritório estava deserto. Fui até a cozinha e perguntei a Fritz se alguém nos visitara. Ele disse que sim: o inspetor Cramer.

Ergui as sobrancelhas.

— Correu muito sangue?

Ele disse que não, mas a visita fora um tanto barulhenta. Um copo grande de água ajudou a minha recuperação, e voltei ao escritório, ligando para a estufa no interfone; quando Wolfe atendeu, disse:

— De volta ao lar. Lembranças de Lon Cohen. Devo bater um relatório?

— Não. Suba e conte-me.

Não estávamos realmente desrespeitando uma regra, como a que proibia interrupções na hora do almoço, mas aquilo era excepcional. Achei ótimo, pois, enquanto ele continuasse amuado por acreditar que alguém o fizera de bobo, provavelmente poria o cérebro para funcionar. Subi os três andares e cruzei a porta de alumínio do vestíbulo, e a porta da estufa, onde a *Miltonia roezli* e a *Phalaenopsis aphrodite* desabrochavam em grande estilo. Na sala seguinte, a média, apenas umas poucas plantas espetaculares, as *Cattleyas* e *Laelias*, tinham flores, e de qualquer modo o maior espetáculo dali, chamado Wolfe, ajudava Theodore a ajeitar as proteções de musselina. Quando entrei ele seguiu para os fundos, passando pela sala fria e parando na sala de manipulação dos vasos, onde se acomodou na única cadeira existente e perguntou:

— E então?

Sentei-me no banquinho e dei-lhe o serviço. Ele ficou com os olhos fechados, franzindo o nariz aqui e ali para pontuar as frases. Ao fazer um relatório para ele, um de meus objetivos é explicar tudo tão bem que no final não haja perguntas a fazer. Daquela vez eu consegui. Quando terminei ele manteve a pose por um longo tempo, depois abriu os olhos e informou:

— O senhor Cramer passou aqui.

Mostrei que já sabia.

— Fritz contou. Contou também que houve gritaria.

— Sim. Ele foi anormalmente ofensivo. Claro, está sob pressão, mas eu também estou. Afirmou que a senhora Fromm não teria sido assassinada se eu tivesse contado a respeito de sua visita ainda ontem, o que não passa de conversa fiada. Chegou a me ameaçar. Se eu obstruir a investigação policial de algum modo, serei intimado a comparecer ao tribunal. Pff! Ainda está lá embaixo?

— Só se ficou escondido no banheiro. Fritz disse que ele foi embora.

— Eu o deixei lá e subi. Telefonei para Saul, Fred e Orrie. Que horas são?

Ele precisaria virar a cabeça para olhar o relógio; portanto, eu disse:

— Dez para as cinco.

— Eles devem chegar às seis, ou logo em seguida. O senhor Horan ainda não deu sinal de vida. Qual a idade de Jean Estey?

— Lon não foi específico, mas falou em uma moça, suponho que tenha menos de trinta anos. Por quê?

— Ela é bonita?

— Sem registro.

— Você tem o direito de saber. De qualquer modo, ela é jovem. Saul, Fred ou Orrie podem descobrir algo para nós, mas não pretendo ficar de mãos atadas enquanto eles tentam. Quero saber o que a senhora Fromm andou fazendo entre três e quinze e cinco da tarde, ontem, e o que e quem andou passando por sua cabeça durante a hora em que esteve com a senhorita Estey. Creio que a senhorita Estey pode me contar... certamente a segunda coisa, talvez a primeira. Traga-a aqui.

Não se iludam com ele. Sabia que era um pedido absurdo. Não tinha a menor expectativa de que eu, nas atuais circunstâncias, pudesse chegar até a secretária da sra. Fromm para uma conversinha em particular, quanto mais rebocá-la até seu escritório para que pudesse apertá-la. Mas só custaria a ele uma corrida de táxi, então por que não, diabo, por que não deixar que eu quebrasse a cara por conta da chance remota de levantar alguma lebre?

Sendo assim, apenas observei que pediria a Fritz que pusesse um prato a mais à mesa de jantar, caso ela estivesse com fome, deixei-o, desci um andar para chegar ao meu quarto, parei à janela e examinei o problema. Em dez minutos elaborei e rejeitei quatro planos diferentes. O quinto parecia ser mais propício, ao menos tinha uma pequena chance de funcionar, e o escolhi. No que dizia respeito ao traje, nada em meu guarda-roupa pessoal serviria; assim, fui até o closet onde mantinha uma variedade de itens para tais emergências profissionais, retirando de lá um fraque, colete, calças listadas, camisa branca de colarinho engomado, chapéu preto Homburg e uma gravata de nó corredio preta. Sapatos e meias adequadas encontrei em meu estoque pessoal. Depois de me barbear e vestir a fantasia, dei uma olhada no espelho e fiquei impressionado ao me ver de corpo inteiro. Eu só precisaria de uma noiva ou de um carro fúnebre.

No escritório do andar de baixo peguei uma pequena Marley calibre 22 na coleção guardada na gaveta de cima da cômoda, carreguei-a e guardei-a no bolso da calça. Tratava-se de uma concessão. Um coldre de ombro com um 32 teria estragado minha silhueta naquele traje, mas havia muito tempo atrás, depois de um par de experiências desagradáveis, uma das quais tornou necessária a remoção de uma bala de meu peito, tinha prometido tanto a Wolfe quanto a mim mesmo que nunca mais sairia desarmado para encontrar alguém envolvido com um assassinato, mesmo remotamente. Tendo solucionado a questão, fui para a cozinha dar um susto em Fritz.

— Fui nomeado embaixador no Texas — disse a ele. — Adieu.

Ele me pediu que desabotoasse a camisa e mostrasse a faixa.

Paguei a corrida ao motorista do táxi às cinco e trinta e oito, diante da casa da rua 68 Leste. Do outro lado da rua havia uma pequena reunião de curiosos, mas do lado de cá o guarda uniformizado mantinha todo mundo circulando. A casa de granito, recuada vários metros, era protegida nos dois lados da entrada por uma cerca de ferro mais alta do que minha cabeça. Conforme prossegui, o guarda avançou para me encontrar, mas não para me interceptar. Os guardas preferem não impedir a passagem de pessoas vestidas como eu.

Parei, olhei para ele pesaroso e disse:

— Providências.

Poderia ter tornado as coisas mais difíceis, acompanhando-me até a porta, mas três mulheres curiosas me ajudaram, convergindo para a cerca de ferro, e enquanto ele as convencia a seguir em frente eu cheguei à entrada, apertei o botão da campainha e falei com um espécime de nariz aristocrático que abrira a porta. Sua combinação de cores era a mesma que a minha, mas eu o derrotava em estilo.

— Ao que parece surgiu — eu disse triste porém firmemente — algum mal-entendido quanto aos endereços de remessa das flores, e isso precisa ser resolvido. Preciso falar com a senhorita Estey.

Como não combinaria com minha personagem meter o pé no vão da porta que se entreabriu, tive de controlar aquele impulso, mas, quando ele a puxou o suficiente para permitir minha passagem, não perdi tempo em me encolher e entrar. Quando ele fechou a porta comentei:

— A curiosidade mórbida do povo neste momento de dor é revoltante. Pode por gentileza comunicar à senhorita Estey que o senhor Goodwin gostaria de consultá-la quanto às flores?

— Por aqui, por favor.

Ele me conduziu por cinco passos pelo hall, até uma porta que se encontrava aberta, e me disse que esperasse. A sala não tinha nada a ver com o que eu esperava da residência nova-iorquina da sra. Damon Fromm. Era menor que meu quarto e, além de duas escrivaninhas, duas mesinhas para máquina de escrever e várias cadeiras, estava atulhada de objetos variados e arquivos. As paredes eram cobertas de pôsteres e fotografias, algumas emolduradas, outras não. Havia dúzias delas. Depois de uma pesquisa geral, concentrei-me em uma, e depois noutra, e inspecionava a que dizia "Congresso Norte-Americano de Saúde, 1947", quando ouvi passos, empertiguei-me e virei-me.

Ela entrou, parou e ergueu os olhos castanho-esverdeados para mim.

— O que se passa com as flores? — ela perguntou.

Os olhos não pareciam ter sido irritados por um derramamento exuberante de lágrimas, mas certamente não transmitiam contentamento. Eu poderia ter encaixado a moça na faixa inferior a trinta em circunstâncias mais agradáveis, mas não do jeito que ela se apresentava agora. Bonita, sem dúvida. Não usava brincos. Não havia sinal de arranhão em seu rosto, mas quatro dias haviam se passado desde que Pete o vira, e ele não chegou a dar especificações de profundidade ou contorno. Assim sendo, tive poucas esperanças de observar algum vestígio de arranhão em Jean Estey ou em qualquer outra pessoa.

— É a senhorita Jean Estey? — perguntei.

— Sim. O que há com as flores?

— Foi isso que vim esclarecer. Deve ter ouvido falar de Nero Wolfe.

— O detetive?

— Sim.

— Certamente.

— Ótimo. Fui mandado por ele. Meu nome é Archie Goodwin, sou seu assistente. Wolfe deseja enviar flores para o funeral da senhora Fromm, e gostaria de saber se haveria alguma objeção a orquídeas, considerando tratar-se de exemplares de *Miltonia roezli alba*, absolutamente brancas e deslumbrantes.

Ela me encarou por um segundo, e repentinamente caiu na gargalhada. Seu riso não era mavioso. Os ombros se sacudiam com o esforço, e ela meio caminhou meio cambaleou até uma cadeira, sentou-se, baixou a cabeça e levou as mãos espalmadas às têmporas. O mordomo aproximou-se da soleira da porta aberta para espiar, eu fui até ele e expliquei diplomaticamente que tinha experiência com esse tipo de crise, o que não era mentira, e que era melhor fechar a porta. Ele concordou, fechando-a. Então, por um momento, pensei que precisaria sacudi-la um pouco para acabar com o ataque, mas antes que pudesse agir ela se acalmou, e eu também me sentei. Em pouco tempo empertigou-se e esfregou os olhos de leve com o lenço.

— A maneira como você está vestido — ela disse — foi o que provocou este acesso de riso. É grotesco... vestir-se como um agente funerário e perguntar se tenho objeções a orquídeas! — Ela precisou parar por um instante, para retomar o ritmo normal da respiração. — Não haverá flores. Pode ir.

— A roupa só serviu para permitir minha entrada.

— Entendo. Mentiu sobre suas intenções. Por quê?

— Para vê-la. Sabe, senhorita Estey, lamento que meu disfarce tenha provocado este pequeno ataque histérico, mas agora sugiro que descanse por alguns minutos, enquanto retoma o controle dos nervos e permita que me explique melhor. Suponho que esteja informada da visita feita pela senhora Fromm a Nero Wolfe ontem, e do cheque de dez mil dólares entregue a ele.

— Sim. Eu cuido de sua conta bancária pessoal.

— Ela contou para que era?

— Não. A única coisa escrita no canhoto era a palavra *sinal.*

— Bem, eu não saberia dizer a que se destinava o cheque, mas ela deveria ver o senhor Wolfe novamente hoje. O cheque foi visado ontem, e será depositado na segunda-feira. O senhor Wolfe sente uma certa responsabilidade pelo ocorrido com a senhora Fromm, e considera que tem obrigação de investigar sua morte.

Ela estava respirando melhor.

— Há policiais investigando o caso. Dois deles saíram daqui não faz nem meia hora.

— Claro. Se conseguirem resolver tudo, ótimo. Caso contrário, o senhor Wolfe dará um jeito de esclarecer o crime. Não quer que isso aconteça?

— Não interessa o que eu quero ou não, certo?

— Para o senhor Wolfe interessa. A polícia pode dizer para qualquer pessoa envolvida: "Responda esta pergunta, ou então...", mas ele não pode. Deseja conversar com a senhorita, e mandou que eu a levasse a seu escritório, e só posso persuadi-la a tanto com um dos três métodos seguintes: poderia ameaçá-la, se tivesse uma boa ameaça à disposição, o que não acontece. Poderia suborná-la, se soubesse o que usar como isca, mas não sei. Só me resta dizer que a senhora Fromm foi vê-lo e entregou o tal cheque, e ele tem motivos para acreditar que sua morte está relacionada com o assunto para o qual ela o contratou e, portanto, sente-se obrigado a investigar o caso, e quer começar por você. O problema é se quer ajudar ou não. Naturalmente sou levado a pensar que sim, mesmo sem precisar do recurso às ameaças ou suborno, caso eu os tivesse disponíveis. Nosso escritório fica na rua 35. O guarda aí na frente pode parar um táxi para nós, assim chegaremos lá em quinze minutos.

— Pretende que eu vá agora?

— Sem dúvida.

Ela balançou a cabeça.

— Não posso. Preciso... não posso. — Havia recobrado o controle, eliminando todos os sinais do ataque. — Você diz que a questão é se eu quero ou não ajudar, mas não é isso, e sim o modo como posso ser útil. — Ela hesitou, enquanto me avaliava. — Acho que posso confessar uma coisa.

— Gostaria muito de saber.

— Como já disse, dois policiais, investigadores, saíram daqui há meia hora.

— Sim.

— Sabe, enquanto eles estavam aqui, pouco antes de irem embora, um deles foi chamado ao telefone, e depois que desligou disse que eu poderia ser contatada por Nero Wolfe, provavelmente por meio de seu assistente, Archie Goodwin, e poderia ser convidada a visitar Nero Wolfe. Caso isso acontecesse, esperavam contar com a minha cooperação, informando à polícia exatamente o que Wolfe falasse.

— Isso é interessante. Concordou em cooperar?

— Não, eu não quero me comprometer. — Ela se ergueu, foi até a escrivaninha, pegou um maço de cigarros na gaveta, acendeu um e deu duas saudáveis tragadas. Parou, baixando os olhos para me examinar. — Meu motivo para revelar isso é puramente egoísta. Acho que Nero Wolfe é mais esperto do que qualquer policial. Mas, quer seja quer não, a senhora Fromm foi consultá-lo ontem e deu-lhe o cheque, não sei para quê. Sendo sua secretária, é claro que estou envolvida no caso. Não posso evitar isso, mas não farei nada para me complicar ainda mais, o que certamente aconteceria se eu fosse ver Nero Wolfe. Se eu não revelar à polícia o que Wolfe falou, eles não me darão sossego nunca. E, caso eu aceite contar tudo, o que vou fazer se Wolfe perguntar algo que a senhora Fromm me relatou confidencialmente, sem desejar que a polícia soubesse? — Deu outra tragada no cigarro, foi até a escrivaninha, esmagou-o no cinzeiro e voltou. — Vou lhe dizer uma coisa. Sou apenas uma moça interiorana inocente de uma cidadezinha do Nebraska. Não penso. Se a gente não aprende, depois de dez anos por conta própria em Nova York, a evitar trombadas no meio do tráfego pesado, não tem jeito de aprender isso nunca mais. Olhe para mim, nesta confusão. Mas não vou dizer nem fazer nada que possa piorar as coisas para o meu lado. Precisarei procurar emprego. Não devo nada à senhora Fromm... trabalhei para ela, fui paga, nada de fantástico nisso, tampouco.

Ergui a cabeça para vê-la, como se obedecesse a ordens, sério e solidário. O colarinho duro entalhava meu pescoço. — Não vai conseguir argumentos contrários comigo, senhorita Estey — tranqüilizei-a. — Passei dez anos em Nova York também, e depois mais algum tempo. A polícia deseja saber o que Nero Wolfe disse, mas e quanto a Archie Goodwin? Querem que conte o que eu falei também?

— Acho que não. Não.

— Ótimo. Não que eu tenha algo de especial a dizer, mas gostaria de fazer algumas perguntas, se for possível. Por favor, sente-se.

— Passei a tarde inteira sentada respondendo perguntas.

— Aposto que passou mesmo. Perguntas do tipo: onde esteve ontem à noite entre dez e duas da madrugada?

Ela me olhou séria.

— Está me perguntando isso?

— Não, apenas dando um exemplo do tipo de perguntas que lhe foram feitas a tarde inteira.

— Bem, eis aqui um exemplo do tipo de resposta que dei. Ontem, entre cinco e seis horas da tarde a senhora Fromm ditou cerca de uma dúzia de cartas. Pouco depois das seis ela subiu para mudar de roupa, e eu comecei a fazer as ligações telefônicas solicitadas por ela. Pouco depois das sete, após sua saída, jantei sozinha, e depois do jantar datilografei as cartas que ela havia ditado, e saí para colocá-las na caixa do correio, na esquina. Isso aconteceu por volta das dez da noite. Voltei direto para casa e disse a Peckham, o mordomo, que estava cansada e ia para a cama; subi para o meu quarto e liguei o rádio na WQXR, ouvi um pouco de música e fui dormir.

— Perfeito. Quer dizer que mora aqui?

— Isso.

— Outra amostra. Onde esteve na terça-feira, entre seis e sete horas da tarde?

Ela se sentou e virou a cabeça para mim.

— Tem razão, perguntaram isso para mim, também. Por quê?

Dei de ombros.

— Estou só mostrando que sei muito bem o tipo de pergunta que a polícia costuma fazer.

— Não é só isso, não. O que aconteceu na terça à tarde?

— Primeiro diga o que respondeu a eles.

— Não respondi imediatamente. Precisei pensar um pouco. Foi o dia da reunião do Comitê Executivo da Assaped, a Associação de Auxílio às Pessoas Desamparadas. Ela permitiu que eu fosse de carro, no conversível, e passei o final da tarde e a noite revirando a cidade atrás de um casal de refugiados que a Assaped pretendia ajudar. Não consegui encontrá-los, e voltei para casa depois da meia-noite. Seria muito difícil recordar cada minuto daquela tarde e noite, e não quero nem tentar. Por que deveria? O que aconteceu na terça, entre seis e sete horas?

Olhei para ela.

— Que tal uma troca? Diga onde a senhora Fromm esteve ontem à tarde entre três e quinze e cinco horas, e quais as cartas que ditou entre cinco e seis, e para quem pediu que telefonasse, e eu conto o que aconteceu na terça.

— Estes são outros exemplos das coisas que a polícia perguntou.

— Naturalmente. Mas dessas eu gosto.

— Ela não telefonou para ninguém, apenas mandou que eu telefonasse mais tarde, para várias pessoas, pedindo que comprassem ingressos para uma peça beneficente para a escola Milestone. Havia vinte e três nomes na lista, a polícia já tem todos eles. Ela ditou cartas variadas, assuntos de rotina. O senhor Kuffner e o senhor Horan disseram que deixasse a polícia ficar com as cópias, e eu obedeci a eles. Se quer que eu tente me lembrar, acho que...

— Pode deixar para lá. E o que ela andou fazendo entre o momento em que deixou a Assaped e o momento em que voltou para casa?

— Sei que fez duas coisas pelo menos. Foi a uma loja na avenida Madison e comprou um par de luvas, que trouxe consigo para casa, e ligou para o escritório de Paul Kuffner. Não sei se fez mais alguma coisa. O que aconteceu na terça-feira?

— Um carro parou no sinal fechado, na esquina da Nona Avenida com a rua 35, e a mulher que estava dirigindo disse a um menino para chamar a polícia.

Suas sobrancelhas ergueram-se.

— Como é?

— Já disse.

— Mas o que isso tem a ver com o resto?

Balancei a cabeça.

— Esta parte não está no trato. Eu disse que contaria o que aconteceu. Este é um assunto extremamente complicado, senhorita Estey, e pode resolver contar à polícia o que Archie Goodwin disse, e eles não vão gostar se eu sair por aí contando aos suspeitos como foi que todas as...

— Eu não sou suspeita!

— Peço que me desculpe. Pensei que fosse. De qualquer modo, eu não...

— Por que eu seria suspeita?

— Se não fosse por outras razões, porque era ligada à senhora Fromm e sabia onde ela estaria na noite passada e que seu carro estaria estacionado na vizinhança. Mesmo que não fosse, eu não revelaria isso à senhorita. O senhor Wolfe pode pensar de modo diferente. Se mudar de idéia e aceitar conversar com ele esta noite, depois do jantar, ou amanhã de manhã... digamos às onze horas, quando estará livre... ele poderá ser convencido a lhe revelar tudo. É um gênio, e a gente nunca sabe... Se a senhorita...

A porta que se abria me interrompeu. Ela foi escancarada, e um homem entrou apressado. Começou a dizer algo para a srta. Estey, mas, percebendo que ela estava acompanhada, mudou de idéia, parou de falar e passou a me analisar.

Quando ficou claro que ela não ia fazer as apresentações, nem ele perguntar o nome de um estranho, quebrei o gelo.

— Meu nome é Archie Goodwin. Trabalho para Nero Wolfe. — Percebendo sua surpresa quanto à minha pessoa, completei: — Estou disfarçado.

Ele se aproximou com a mão estendida, eu me ergui e apertei-a.

— Sou Paul Kuffner.

Em matéria de tamanho podia ser considerado baixo, o topo de sua cabeça batia na ponta do meu nariz. Com aquele bigodinho castanho fino, aparado de modo a não seguir muito paralelo com os lábios carnudos de sua boca enorme, eu não o consideraria bem equipado para dar o tipo de boa impressão desejável em um especialista em relações públicas, mas admito que tenho preconceito contra bigodes que tentam passar por sobrancelhas aparadas.

Ele sorriu para mostrar que gostava de mim, aprovava tudo o que eu já havia dito e feito, e compreendia perfeitamente meus problemas.

— Lamento muito — ele disse — precisar interrompê-los desta maneira e levar a senhorita Estey embora, mas há certos problemas urgentes a resolver. Suba por um momento, senhorita Estey.

Foi um serviço finíssimo. Em vez disso ele poderia ter dito: "Caia fora desta casa e me deixe perguntar para a senhorita Estey que diabo você está querendo aprontar", pois era o que queria dizer. Mas não senhor, ele me amava demais para dizer algo que pudesse magoar meus sentimentos.

Depois que a srta. Estey se levantou, passou por mim e cruzou a porta, ele a seguiu, virando-se para dizer:

— Muito prazer em conhecê-lo, senhor Goodwin. Já ouvi falar muito do senhor e de Nero Wolfe, é claro. Lamento que nosso encontro tenha ocorrido em um momento tão difícil. — Sumiu de vista, mas sua voz continuou a chegar até mim.

— Ah, Peckham! O senhor Goodwin já está de saída. Veja se deseja que você chame um táxi.

Um serviço limpo, rápido e eficiente. Aparentemente aquele bigodinho também era um disfarce.

7

Cheguei em casa a tempo de pegar o resumo. Saul e Orrie já estavam lá, sentados, esperando, mas Fred ainda não havia chegado. Depois de cumprimentá-los, falei a Wolfe, que estava em sua mesa:

— Estive com ela e tivemos uma pequena conversa, mais nada.

— Por que cargas-d'água está vestido deste jeito?

— Sou agente funerário.

Ele fechou a cara.

— Palavra abominável, essa. Conte-me o que houve.

Eu obedeci, mencionando todos os detalhes, mas desta vez ele tinha perguntas a fazer. Nenhuma delas levou a nada, pois eu havia transmitido todos os fatos, e a impressão que tive de Jean Estey e Paul Kuffner não quis dizer muito nem para mim, quanto mais para ele, e, quando Saul foi atender a campainha e voltou com Fred, Wolfe me deixou de lado na hora, e fez com que todos movessem as poltronas, formando uma fileira à frente de sua mesa.

Aquele trio não era lá muito agradável de se ver. Saul Panzer, com seu nariz enorme dominando o rosto estreito, o terno marrom que deveria ter sido passado depois que ele fora surpreendido pela chuva, podia ser confundido com um motorista de táxi ou um varredor de rua. Mas ele era o investigador mais esperto da região metropolitana, e seu talento para seguir os outros, que Wolfe elogiara ao conversar com Pete Drossos, não passava de uma de suas pequenas qualidades. Qualquer agência da cidade pagaria a ele o triplo dos preços do mercado.

Em tamanho Fred Durkin daria dois de Saul, em habilidade não. Ele conseguia seguir alguém, e a gente podia contar com Fred para atividades de rotina, mas se topasse com alguém mais ladino seria passado para trás. Dava para confiar nele de olhos fechados, contudo.

Quanto a Orrie Cather, quando ele o encarava com seus olhos azuis confiantes e um sorriso satisfeito nos lábios carnudos, não restava dúvida alguma de que sua maior preocupação era se você tinha percebido o quanto ele era bonito. Claro, isso irritava qualquer um que abordasse, mas também dava a impressão de que você não precisava olhar para onde estava pisando, o que poderia ser perigoso, pois sua preocupação real era com a reputação que tinha como detetive profissional.

Wolfe recostou o corpo amplo, repousou o antebraço no apoio da poltrona, aspirou um metro cúbico de ar e deixou que este escapasse audivelmente.

— Cavalheiros — começou —, estou metido até o pescoço em uma enrascada. Costumeiramente, quando requisito seus serviços, basta definir as tarefas específicas de cada um, mas desta vez isso não basta. Os senhores devem ser informados da situação intricada como um todo, mas antes disso uma palavrinha sobre o dinheiro. Menos de doze horas depois de me entregar um cheque de dez mil dólares, minha cliente foi assassinada. Uma vez que não há herdeiro da cliente à vista, isso é tudo o que vou ganhar. Se for inevitável, estou disposto, por razões pessoais, a investir a maior parte, ou até mesmo a soma total, nas despesas decorrentes desta investigação, mas não quero ir além disso. Não peço aos senhores que sejam sovinas em suas despesas, mas devo proibir qualquer prodigalidade. Bem, os fatos são os seguintes.

Começando com minha apresentação de Pete Drossos na sala de jantar, na terça-feira à noite, e terminando com o relatório de minha conversa com Jean Estey, que Fred não ouvira, ele detalhou tudo, sem omitir um único dado. Eles ficaram sentados, absortos, cada um à sua maneira. Saul, relaxado e largado; Fred, duro e rígido, com os olhos colados em Wolfe como se precisasse deles também para escutar; e Orrie, com a testa pressionada contra a ponta dos dedos, como se fosse tirar uma foto de estúdio. Quanto a mim, estava tentando flagrar Wolfe esquecendo algum detalhe, para ter o prazer de completar o quadro quando ele terminasse, mas não adiantou nada. Nem mesmo eu teria feito um trabalho melhor.

Ele olhou de relance para o relógio.

— São sete horas e vinte minutos, e o jantar está pronto. Teremos frango frito com molho cremoso e purê de batata. Não discutiremos o caso à mesa, mas quero que o mantenham em suas mentes.

Passava das nove quando voltamos para o escritório, tendo discutido antes disso cinco frangos completos, com acompanhamentos, tão minuciosamente que eles estavam acabados para sempre. Wolfe, depois de se acomodar na poltrona, examinou-me carrancudo, e depois os outros.

— Vocês não parecem muito alertas — disse ressentido.

Eles não sofreram nenhum ataque de atenção súbita. Apesar de nenhum deles conhecê-lo tão bem quanto eu, sabiam que odiava trabalhar na hora seguinte ao jantar e que o que o corroía não era o fato de os outros não estarem alertas, mas sua própria dificuldade de pensar.

— Podemos descer um pouco — sugeri — e jogar bilhar enquanto você faz a digestão.

Ele fungou.

— Meu estômago — afirmou — tem capacidade plena de lidar com suas atividades sem precisar ser mimado. Será que nenhum dos presentes tem alguma pergunta urgente, antes que eu prossiga?

— Talvez mais tarde — Saul sugeriu.

— Muito bem. Trata-se de um caso sem esperanças, como podem ver. Apesar de excessivamente complexo, não temos fontes de informação disponíveis. Archie pode tentar com outros o mesmo esquema aplicado na senhorita Estey, mas ele não tem onde se pegar. A polícia não nos contará nada. Em outra ocasião, no passado, eu já tive instrumentos com os quais extraía coisas deles, mas isso não acontece agora. Uma vez que eles sabem o mesmo que eu, não tenho poder de barganha. Claro, sabemos o que fazem, por suposição. Estão descobrindo, ou tentando descobrir, se alguma mulher, conhecida da senhora Fromm, tinha um arranhão no rosto na terça-feira à noite ou quarta de manhã. Se a encontrarem, podem resolver o caso; mas pode ser que não a encontrem, pois o que o menino chamou de arranhão, depois de olhar para ela fixamente, pode ter sido uma pequena marca, facilmente disfarçada até ficar imperceptível na primeira oportunidade. A polícia também está tentando encontrar uma mulher, conhecida da senhora Fromm, que usou brincos em forma de aranha e, mais uma vez, se conseguirem, pode ser o final da história. — Wolfe virou a palma da mão. — E eles estão tentando localizar o carro que matou o menino e Matthew Birch. Estão examinando cada centímetro do carro da senhora Fromm. Conferindo todos os movimentos de Birch, suas ligações e amizades. Estão juntando, minuto a minuto, tudo o que a senhora Fromm disse e fez depois de sair deste escritório no dia de ontem. Eles estão identificando não somente as pessoas que estiveram com a senhora Fromm na noite passada, mas todos aqueles que possam ser suspeitos, mesmo remotamente, de saber algum fato pertinente. Estão conferindo as andanças de todos os possíveis culpados — da terça à noite, quando uma mulher pediu a Pete Drossos para chamar a polícia; e mais tarde, naquela mesma noite, quando Birch foi morto; e quarta-feira à tarde, quando o menino foi morto, e a noite de ontem, quando a senhora Fromm foi assassinada. Estão pesquisando quem tem motivos para temer ou odiar a senhora Fromm, e quem se beneficia de algum modo com sua morte. Nestas atividades eles empregam uma centena de homens, ou um milhar, todos eles treinados, e alguns até competentes. — Ele comprimiu os lábios e balançou a cabeça. — Eles não podem se dar ao luxo de falhar neste caso, e não brincarão em serviço. Enquanto permanecemos sentados aqui, já podem ter escolhido sua presa, estando prontos para atacá-la. Mas, até que isso aconteça, proponho usar o dinheiro da senhora Fromm, ou parte dele, para um propósito que ela certamente teria aprovado. Com todas as suas vantagens, a polícia seguramente pode se antecipar a nós na solução do caso, mas tenciono sair convencido de que ficar com este dinheiro se justifica. Além disso, fico ressentido com o pressuposto de que as pessoas que me procuram em busca de ajuda possam ser assassinadas impunemente. Esta é uma razão pessoal.

— Vamos pegar o filho da mãe! — Fred Durkin exclamou.

— Duvido muito, Fred. Agora vocês compreendem por que os chamei aqui, para esta reunião, e relatei todos os fatos, em vez de simplesmente distribuir as tarefas, como de costume. Queria que soubessem o quanto a situação é desesperadora, e também queria me aconselhar com vocês. Existem dúzias de possíveis abordagens para o problema, e conto apenas com os três. Saul, por onde acha que deve começar?

Saul hesitou. Coçou o nariz.

— Gostaria de começar por dois lugares ao mesmo tempo. Assaped e os brincos.

— Por que a Assaped?

— Porque eles se interessam pelas pessoas desamparadas, e Birch trabalhava para o Serviço de Imigração e Naturalização. Esta é a única chance de alguma ligação entre Birch e a senhora Fromm. Claro, a polícia também anda atrás disso, mas neste tipo de investigação no escuro qualquer um pode dar sorte.

— Uma vez que Angela Wright, secretária executiva da Assaped, estava presente ao jantar de ontem à noite, provavelmente é impossível abordá-la.

— Não quando se trata de uma pessoa desamparada.

— Ah. — Wolfe refletiu. — Sim, pode tentar isso.

— E, de qualquer maneira, se ela andar muito ocupada com a polícia e outras coisas, lá deve haver um par de secretárias ou alguém para atender o telefone. Vou precisar de muito charme.

Wolfe assentiu.

— Muito bem. Pela manhã. Leve duzentos dólares, mas uma pessoa desamparada não pode esbanjar dinheiro. E quanto aos brincos?

— Não posso cuidar das duas coisas.

— Sim, mas e quanto a eles?

— Bem, vou procurar por aí, ficar de olhos abertos, mas nunca vi brincos em forma de aranha na vida, nem numa mulher nem numa vitrine. Você disse que Pete falou em brincos grandes em forma de aranha com as pernas esticadas. As pessoas notam estas coisas. Se ela usou os brincos na terça-feira, ou antes disso, a polícia já a identificou, ou o fará logo, e você provavelmente tem razão, não temos chance. Mas há uma possibilidade de que ela nunca os tenha usado antes, e será que não poderiam ser os mesmos usados pela senhora Fromm ontem? Talvez valha a pena descobrir uma loja que já tenha vendido brincos em forma de aranha. A polícia vai se concentrar nos outros ângulos, pode deixar escapar este. Estou errado?

— Não. Você raramente erra. Se encontrarmos a tal mulher primeiro...

— Eu cuido disso — disse Orrie. — Nunca vi brincos em forma de aranha também. São grandes? De que tamanho?

— Os brincos usados pela senhora Fromm ontem eram mais ou menos do tamanho da unha de um polegar... — quer dizer, a circunferência formada pelas pontas das pernas estendidas. Archie?

Respondi.

— Creio que ligeiramente maiores.

— Eram de ouro?

— Não sei. Archie?

— Meu palpite é sim, mas não posso jurar.

— Trabalho de primeira?

— Sim.

— Está bem. Cuido disso.

Wolfe o olhava intrigado.

— Pode levar um mês.

— Não se eu seguir meu método, senhor Wolfe. Fiz um favor certa vez para um sujeito, ele é vendedor na Boudet's, e começarei por ele. Assim posso iniciar a pesquisa amanhã, mesmo sendo domingo, pois sei onde mora. Uma coisa eu posso ter deixado escapar. Existe alguma indicação de que os brincos usados pela senhora Fromm ontem eram os mesmos usados pela mulher do carro, na terça-feira?

— Não.

— Então pode haver dois pares distintos?

— Sim.

— Certo. Entendi. O último a sair é a mulher do padre.

— Precisará pagar seu amigo, o vendedor da Boudet's?

— Não, diabo. Ele me deve um favor.

— Então leve duzentos dólares. Se encontrar uma pista promissora, evite qualquer menção ao fato de que a polícia poderia ficar contente com informações a respeito. Talvez nós mesmos possamos usar algo como lance no leilão da boa vontade oficial. Se descobrir algo, ligue para mim. — Wolfe virou-se para Durkin. — Fred, por onde você começa?

O rosto grande de Fred ficou rosado. Já fazia serviços para Wolfe, aqui e ali, havia mais de vinte anos, e ser consultado sobre a estratégia de alto nível era algo novo para ele. Mordeu a língua, engoliu em seco e disse, com uma voz muito mais alta do que o necessário:

— Os brincos.

— Orrie vai cuidar dos brincos.

— Sei que vai, mas olha. Centenas de pessoas devem ter visto os tais brincos. Ascensoristas, empregadas, garçons...

— Não. — Wolfe cortou seco. — Em todos estes aspectos a polícia está tão adiantada que jamais a alcançaremos. Já expliquei isso. Com recursos limitados, precisamos tentar descobrir uma pista que não tenha sido explorada ainda. Alguém tem uma sugestão para Fred?

Eles trocaram olhares. Ninguém se candidatou.

Wolfe balançou a cabeça. — Compreendo, é difícil. Um modo de não ficar perdido no ar poluído com o pó levantado pela polícia é descobrir um ângulo que eles possam ter deixado de lado e explorá-lo. Vamos tentar o seguinte: presumo que na terça-feira à tarde, quando o carro parou no cruzamento e a mulher disse ao menino que chamasse a polícia, o homem no carro era Matthew Birch.

Saul franziu as sobrancelhas.

— Não compreendo, senhor Wolfe.

— Ótimo. Então, provavelmente, isso também não passou pela cabeça dos policiais. Admito que é extremamente tênue. Mas, naquele mesmo dia, mais tarde, à noite, o mesmo carro atropelou Birch e o matou, o local e o modo indicando que ele chegou lá no próprio veículo. Portanto, já que ele se encontrava no carro tarde da noite, por que não presumir que estava no carro no final da tarde? Prefiro assumir que estava.

Saul manteve as sobrancelhas franzidas.

— Mas, de acordo com o que temos, a pressuposição correta não seria de que o homem que atropelou o menino na quarta-feira era o mesmo que estava com a mulher na terça? Porque sabia que o menino poderia identificá-lo. E na quarta-feira Birch estava morto.

— Esta é provavelmente a dedução feita pela polícia — Wolfe concedeu. — Seu valor é óbvio; portanto, não a rejeito. Simplesmente a ignoro, para substituí-la pela minha. Mesmo um pressuposto falso pode servir a um propósito. Colombo presumiu que só havia água entre ele e os tesouros do Oriente, e trombou com um continente. — Seus olhos se moveram. — Não espero que tropece num continente, Fred, mas você agirá de acordo com o pressuposto de que Birch estava no carro com a mulher. Tente confirmar ou descartar esta hipótese. Leve cem dólares... não, leve trezentos, você nunca desperdiça dinheiro. Archie fornecerá uma fotografia de Birch. — Wolfe dirigiu-se a mim: — Deve haver fotos de todos os envolvidos. Pode consegui-las com o senhor Cohen?

— Hoje à noite não. Só amanhã de manhã.

— Então providencie. — Ele passou em revista seu exército diminuto, olhando para a direita e para a esquerda. — Cavalheiros, espero não ter arrefecido seu ânimo ao revelar as dificuldades desta empreitada. Quero que compreendam que a situação é de tal ordem que um petisco já dá um banquete. Em outras ocasiões, esperei muito de vocês; desta vez, não espero nada. Na verdade, calculo que...

A campainha tocou.

Enquanto eu me levantava para atravessar a sala, olhei para o relógio. Marcava nove horas e cinqüenta e cinco minutos. No hall, acendendo a luz externa e chegando mais perto da porta, vi que eram dois homens, ambos estranhos. Abri e desejei-lhes boa-noite.

O que estava na frente falou.

— Queremos ver o senhor Nero Wolfe.

— Seus nomes, por favor.

— Meu nome é Horan, Dennis Horan. Liguei para ele esta manhã. Este aqui é o senhor Maddox.

— O senhor Wolfe está ocupado. Verei se pode recebê-los. Um momento.

Eles entraram. Levei-os à sala da frente, dei uma olhada para a porta à prova de som que dava para o escritório, a fim de checar se estava fechada, convidei-os a sentar e saí. Seguindo pelo corredor, fechei a outra porta, voltei ao escritório e disse a Wolfe:

— Dois petiscos na sala da frente. Um disse que se chama Horan, aquele que pretende fazê-lo devolver os dez mil, e um companheiro dele, chamado Maddox.

Ele agiu como era de se esperar. Olhou furioso para mim. Tendo terminado sua palestra, preparava-se para relaxar e ler um livro, e lá vinha eu com trabalho para fazer. Se estivéssemos sozinhos ele teria feito alguma observação ferina, mas, depois do que acabara de dizer ao grupo sobre as possibilidades de sucesso, precisou conter a língua e, admito, ele agiu como um homem.

— Muito bem. Primeiro acompanhe Saul, Fred e Orrie até a porta, depois de fornecer o dinheiro para as despesas, como especificado.

Fui até o cofre pegar o dinheiro.

8

Pelos modos deles e pelos olhares trocados enquanto eu conduzia os visitantes ao escritório e acomodava a dupla nas poltronas, compreendi que me precipitara ao classificá-los de companheiros. Não eram de amor os olhares.

Dennis Horan era um pouco demais da conta. Seus cílios eram um pouco longos demais, e ele era um pouco alto demais para sua largura, e um pouco velho demais para se vestir no estilo universitário. Ele precisava de um serviço especializado na remoção de excessos, mas, como obviamente passou mais de vinte anos exagerando, duvido que levasse uma sugestão dessas em consideração.

Maddox fez questão de deixar claro, para Wolfe, que seu nome era James Albert Maddox. Devia sofrer de úlcera desde que nasceu, há mais ou menos meio século. Se eu estava errado, cabia a ele explicar como seu rosto se tornara tão amargurado que só de olhar para ele seu próprio cachorro se transformaria em um incorrigível pessimista. Instalei-os em um par de poltronas amarelas, que o pessoal desocupara, por não saber se um dos dois merecia a vermelha.

Horan deu a largada. Disse que não tivera a intenção, naquela manhã ao telefone, de insinuar que Wolfe estava fazendo ou pretendendo fazer algo incorreto ou aético. Pensava apenas em salvaguardar os interesses de sua antiga amiga e cliente, a sra. Damon Fromm, que havia sido...

— Cliente não — intrometeu-se Maddox em um tom que combinava perfeitamente com sua cara.

— Eu a aconselhava — Horan rebateu.

— Mal — Maddox revidou.

Eles se encararam. Companheiros? Não mesmo.

— Talvez — Wolfe sugeriu secamente — fosse melhor que cada um me contasse, sem interrupções, em que medida e até que ponto representa a senhora Fromm. As contradições podem ser resolvidas ou ignoradas, conforme a necessidade. Senhor Horan?

Ele estava se controlando. Sua voz ardida de tenor ainda era ardida, mas não se comparava aos guinchos emitidos ao telefone.

— É verdade que nunca fui advogado da senhora Fromm oficialmente, em uma ação. Ela me consultava a respeito de diversos assuntos, e mostrava dar valor aos meus conselhos, agindo freqüentemente em conformidade com eles. Enquanto conselheiro da Associação de Auxílio às Pessoas Desamparadas, o que ainda sou, nosso relacionamento era muito íntimo. Caso estivesse viva, não creio que me negasse o direito de chamá-la de amiga.

— O senhor é seu executor testamentário?

— Não.

— Muito obrigado. Senhor Maddox?

Foi doloroso para ele, mas falou.

— Meu escritório de advocacia, Maddox e Welling, representou Damon Fromm durante doze anos. Desde sua morte representamos a senhora Fromm. Sou seu executor testamentário. Fui forçado a interromper porque a declaração do senhor Horan não era verdadeira, a senhora Fromm não era cliente dele. Tenho algo a acrescentar.

— Vá em frente.

— Esta manhã, não, esta tarde, o senhor Horan telefonou e me contou a respeito do cheque que a senhora Fromm lhe deu ontem, e relatou a conversa entre os senhores. O telefonema dele ao senhor foi gratuito e impertinente. Minha visita neste momento não. Pergunto oficialmente, na condição de advogado e testamenteiro da senhora Fromm, sob que condições e com que propósito ela lhe deu um cheque de dez mil dólares? Se preferir responder em particular, podemos nos retirar. O senhor Horan insistiu em vir comigo, mas esta é a sua casa, e esse rapaz aí parece perfeitamente capaz de lidar com ele.

Se ele pretendia com o olhar que lançou na minha direção fazer um elogio, eu odiaria receber um de desaprovação.

Wolfe falou.

— Eu não prefiro responder em particular, senhor Maddox. Eu prefiro não responder de forma alguma.

Maddox não ficou mais amargurado porque isso era impossível.

— Conhece direito, senhor Wolfe?

— Não.

— Então deve procurar um advogado. A não ser que possa comprovar que a senhora Fromm recebeu algo em troca daquele pagamento, posso obrigá-lo a restituí-lo. Estou dando uma oportunidade para que me diga quais foram os serviços prestados.

— Não posso. Ela não recebeu nada. Como disse ao senhor Horan pelo telefone, pretendo ganhar aquele dinheiro.

— Como?

— Garantindo que o assassino da senhora Fromm seja identificado e punido.

— Isso é ridículo. Trata-se de uma obrigação dos agentes da lei. Nas informações que obtive a seu respeito hoje consta que não é um vigarista. Mas fala como se fosse.

Wolfe deu um sorriso maroto.

— Está sendo preconceituoso, senhor Maddox. O que os advogados virtuosos sentem em relação aos vigaristas é o mesmo que as mulheres virtuosas sentem em relação às prostitutas. Condenação, certamente; mas, escondido em algum lugar, um pequeno fragmento de inveja, nunca reconhecido, quanto mais admitido. Mas não me inveje. Um vigarista é um louco ou um fanático, e eu não sou nenhuma das duas coisas. Gostaria de fazer uma pergunta.

— Faça-a.

— Sabia que a senhora Fromm pretendia entrar em contato comigo, antes que ela o fizesse?

— Não.

— Soube depois que ela havia me visitado?

— Não.

Os olhos de Wolfe moveram-se.

— E o senhor Horan? As mesmas perguntas.

— Eu não sei por que... — Horan hesitou. — Questiono seu direito de fazer tais perguntas.

Maddox olhou para ele. — Responda, senhor Horan. Insistiu em vir. Disse que a senhora Fromm o consultava sobre questões importantes. Ele está tentando confirmar isso. Se ele puder provar que ela contou a um de nós que pretendia vir aqui, ou que tinha vindo, sem declarar para quê, ele concluirá que ela não queria que soubéssemos disso e, portanto, não poderá trair sua confiança. Impeça-o de concluir isso.

Horan não queria aceitar. — Não pretendo me submeter a um interrogatório — disse em sinal de recusa.

Maddox começou a discutir, mas Wolfe cortou-o.

— Seu esclarecimento pode ser considerado preciso em si, senhor Maddox, mas não está levando em conta a dificuldade que o senhor Horan enfrenta. Ele ficou num beco sem saída. Se responder sim à minha segunda pergunta, tem toda a razão, tenho uma arma à minha disposição, e vou usá-la. Mas, se ele disser não, então perguntarei como descobriu que a senhora Fromm me entregou um cheque. Eu gostaria muito de saber, e calculo que o senhor também.

— Eu já sei. Pelo menos sei o que ele me contou. Esta manhã, quando soube da morte da senhora Fromm, telefonou para a casa dela e falou com a senhorita Estey, secretária da senhora Fromm, e ela mencionou o caso do cheque. Eu estava passando o final de semana no interior, e Horan me localizou. Peguei o carro e voltei para cá imediatamente.

— Em que lugar do interior?

Maddox ergueu o queixo.

— O senhor é um bocado insolente.

Wolfe fez um gesto apaziguador.

— De qualquer modo, é irrelevante. Peço perdão, não pela insolência, e sim pela estupidez. Fui levado pela força do hábito. Neste intricado labirinto devo deixar de lado os procedimentos costumeiros, como verificação de álibis, para a polícia. Uma vez que o senhor não se encontra em um beco sem saída, senhor Horan, responderá minhas perguntas?

— Não. Por princípio. Não tem autoridade para me interrogar.

— E espera que eu responda as suas?

— Não, as minhas não, porque eu tampouco tenho tal autoridade. Mas o senhor Maddox tem, como executor testamentário. Deve responder as perguntas dele.

— Veremos. — Wolfe era criterioso. Dirigiu-se a Maddox. — Pelo que entendi, o senhor não está exigindo que eu devolva o dinheiro que a senhora Fromm me deu.

— Isso depende. Diga sob que condições e com que propósito ele foi dado, e levarei isso em consideração. Não permitirei que a morte de uma cliente respeitada seja explorada de modo sensacionalista por um detetive particular, para seu proveito pessoal ou profissional.

— Uma atitude louvável e digna — Wolfe reconheceu. — Eu diria que seria difícil tornar o assunto mais sensacional do que já é, mesmo assim sua atitude é admirável. Só tem um problema: não contarei nada a respeito da conversa que tive ontem com a senhora Fromm.

— Mas está sonegando provas!

— Pff. Contei tudo para a polícia. Por escrito, com assinatura.

— Então por que não para mim?

— Porque não sou um asno. Tenho motivos para crer que aquela conversa foi um dos elos de uma corrente que levou à morte da senhora Fromm e, se isso for verdade, a pessoa mais ansiosa para saber o que ela me disse é provavelmente seu assassino.

— Não sou seu assassino.

— Isso veremos.

Por um momento pensei que Maddox fosse engasgar. Sua garganta inchou visivelmente. Mas um advogado veterano tem muita prática em controlar suas reações, e ele deu um jeito.

— Isso é uma tremenda estupidez, é um absurdo.

— Eu discordo. A polícia já o interrogou?

— Certamente.

— Quantos investigadores?

— Dois... não, três.

— Importa-se em me dizer quem eram eles?

— Um tal de capitão Bundy, um sargento e o comissário adjunto Youmans. Além do promotor distrital assistente, Mandelbaum.

— Algum deles contou-lhe que a senhora Fromm conversou comigo ontem?

— Não. Este assunto não foi mencionado.

— Sugiro que fale com alguém do escritório do promotor distrital, preferivelmente alguém que conheça bem, e peça a ele que lhe conte tudo. Se ele o fizer, ou qualquer outro funcionário da Justiça, sem restrições importantes, eu restituirei, como disse, a quantia que a senhora Fromm me deu.

Maddox dava a impressão de que alguém tentava convencê-lo de que seu nariz estava virado ao contrário.

— Posso garantir — Wolfe prosseguiu — que não sou suficientemente idiota para ocultar informações sobre um homicídio, particularmente um tão sensacional como este. Na verdade, sou bem meticuloso a esse respeito. A não ser que a polícia tenha informações sobre o senhor que eu desconheço, duvido que o tenham considerado suspeito, até agora, mas pode vir a ser incomodado por eles, caso eu avise que está muito ansioso para descobrir o que a senhora Fromm conversou comigo, a ponto de ter todo este trabalho. Esse, claro, é o meu dever. Desta vez será também um prazer.

— Está tentando... — Ele quase engasgou de novo. — Está ameaçando relatar esta conversa?

— Não estou ameaçando nada. Apenas informando-o de que farei isso assim que sair daqui.

— Estou saindo agora. — Ele se ergueu. — Entrarei com uma ação contra o senhor, por apropriação indébita dos dez mil dólares.

Ele deu meia-volta e se retirou. Eu o segui, para abrir a porta, mas ele chegou primeiro, embora tivesse de passar pela sala da frente para pegar o chapéu. Quando voltei ao escritório Horan estava em pé, olhando de cima para baixo, na direção de Wolfe, mas não trocavam palavras. Wolfe me disse:

— Ligue para Cramer na delegacia, Archie.

— Espere um minuto. — A voz aguda de tenor de Horan traía sua ansiedade. — Está cometendo um erro, Wolfe, se realmente pretende investigar o assassinato. Investigar como? Teve duas pessoas muito próximas à senhora Fromm aqui em seu escritório, pessoas familiarizadas com seus negócios, e já espantou uma delas. Isso é razoável?

— Bobagem. — Wolfe estava enojado. — Nem quis me dizer se a senhora Fromm lhe contou que veio me ver.

— O contexto em que se colocou a questão era ofensivo.

— Então tentarei ser afável. Poderia fazer a gentileza de resumir o que foi dito na reunião em sua casa na noite passada?

Os longos cílios de Horan tremelicaram.

— Duvido que deva. Claro, contei tudo para a polícia, e eles exigiram que eu fosse discreto a esse respeito.

— Naturalmente. Mas vai contar ou não?

— Não.

— Poderia descrever, franca e detalhadamente, a natureza e implicações de seu relacionamento com a senhora Fromm?

— Certamente que não.

— Se eu enviasse o senhor Goodwin à sede da Associação de Auxílio às Pessoas Desamparadas, da qual é conselheiro, ordenaria aos funcionários que respondessem as perguntas dele com sinceridade, sem constrangimentos?

— Não.

— Quanta gentileza. — Wolfe virou-se. — Ligue para o senhor Cramer, Archie.

Dei meia-volta e disquei WA 9-8241, obtendo resposta imediata, mas depois a coisa se complicou. Nenhum de nossos queridos amigos ou inimigos encontrava-se disponível, e finalmente fui encaminhado a um tal sargento Griffin, e informei deste fato Wolfe, que apanhou o instrumento e falou.

— Senhor Griffin? Aqui fala Nero Wolfe. Esta informação destina-se ao senhor Cramer, portanto providencie para que ele receba o recado logo. O senhor James Albert Maddox e o senhor Dennis Horan, ambos advogados, visitaram meu escritório esta noite. Anotou os nomes corretamente? Sim, suponho que sejam familiares. Pediram que eu relatasse minha conversa com a senhora Damon Fromm, quando ela esteve em meu escritório ontem. Eu me recusei, mas eles insistiram. Não chegaria ao ponto de afirmar que o senhor Maddox queria me subornar, mas tive a impressão de que, se eu revelasse o teor da conversa, ele não me pressionaria para recuperar o dinheiro que a senhora Fromm me deu. Caso contrário, faria isso. O senhor Horan concordou, pelo menos tacitamente. Quando o senhor Maddox foi embora ofendido, o senhor Horan me disse que eu estava cometendo um erro. Por favor, pode fazer com que isso chegue às mãos do senhor Cramer? Não, isso é tudo. Se o senhor Cramer quiser detalhes ou uma declaração por escrito, posso providenciar.

Wolfe desligou e murmurou para o advogado:

— Ainda está aí?

Horan estava de saída, mas depois de dar três passos virou-se para dizer:

— Pode não conhecer direito, mas sabe como se livrar de uma acusação de calúnia. Depois desta performance, eu me pergunto como obteve sua reputação.

Ele saiu, e eu cheguei ao hall a tempo de vê-lo emergir da sala da frente com o chapéu na mão, partindo em seguida. Depois de trancar bem a porta, voltei para o escritório e comentei entusiasmado:

— Bem, sem dúvida você apertou bem a dupla! Espremeu até a última gota! Parabéns!

— Cale a boca — ele disse, e apanhou um livro, mas não para jogar em mim.

9

Eu havia planejado tirar uma folga na tarde de sábado, para um passeio até o chalé de catorze cômodos de Lily Rowan em Westchester. Claro, isso foi para o espaço, atropelado por um carro. E o meu domingo de domingo não teve nada. Ocorrências:

O sargento Purley Stebbins chegou logo cedo, animado, quando Wolfe ainda estava em seu quarto, tomando o café da manhã, para pedir detalhes sobre a invasão dos advogados. Eu o aplaquei. Entrou com algumas suspeitas, saiu cheio delas. Embora eu explicasse que meu patrão era um gênio, só o tempo comprovaria que fazer pressão em cima deles foi uma jogada brilhante. Purley recusou-se a acreditar que Wolfe, tendo encurralado os dois em seu escritório, não moveu uma palha para descobrir algo. É verdade que ele aceitou de bom grado seis roscas e duas xícaras de café, mas um sujeito que prova a versão de Fritz para o café da manhã de domingo não consegue agir de outro modo.

Wolfe e eu lemos cada palavra das reportagens nos jornais da manhã. Não que ele esperasse encontrar alguma pista quente, queria apenas descobrir quais eram as informações tidas como adequadas para o público, na opinião do promotor e de Cramer. Alguns recortes foram arquivados como referência. Angela Wright, a secretária executiva da Assaped, havia trabalhado antes para Damon Fromm, e conseguiu o emprego na Assaped graças a ele. A sra. Fromm apoiara mais de quarenta instituições de caridade e causas nobres, mas a Assaped era sua menina dos olhos. Vincent Lipscomb, o editor que comparecera ao jantar no apartamento de Horan, publicara uma série de reportagens sobre pessoas desamparadas em sua revista, a *Pensamento Atual*, e planejava uma suíte. A sra. Dennis Horan fora antes estrela de cinema — bem, de qualquer forma, trabalhou no cinema. Paul Kuffner cuidava das relações públicas da Assaped, como voluntário, sem remuneração, mas também estava profissionalmente envolvido com a sra. Fromm, cuidando de sua imagem. Dennis Horan era uma autoridade em direito internacional, pertencia a cinco clubes chiques e tinha uma certa reputação como cozinheiro amador.

Ainda não havia uma só palavra sobre a aba do bolso de Matthew Birch, enganchada no chassi do carro que matou Pete Drossos. A polícia preferiu guardar esse trunfo. Mas, por causa da semelhança na execução dos dois crimes, o assassinato de Birch tinha sua parte no espetáculo também.

Wolfe telefonou para seu advogado, Henry Parker, para perguntar como funcionava um processo por apropriação indébita, e avisando-o para se preparar, caso Maddox cumprisse a promessa de lutar pelos dez mil. Precisei localizar Parker em um clube de campo de Long Island.

Nem um pio por parte de Jean Estey.

Durante o dia três repórteres ligaram, e dois compareceram pessoalmente à nossa casa, mas não passaram da porta da rua. Eles não gostavam que o *Gazette* tivesse exclusividade nas investigações de Nero Wolfe sobre o crime, e eu sentia muita pena deles.

Telefonei para Lon Cohen cedo demais, no *Gazette*, e precisei deixar recado para que me ligasse, o que ocorreu em seguida. Quando fui até lá à tarde, para recolher uma coleção das melhores fotos já tiradas das pessoas que nos interessavam, disse a Lon que gostaríamos de saber umas poucas dúzias de fatos cruciais, e ele disse que também gostaria muito. Afirmou que tinham publicado tudo o que sabiam, mas na verdade tinham poupado algumas fofocas quentes, como a história de que a sra. Horan certa vez jogara uma coqueteleira na sra. Fromm, e que um certo importador convencera Vincent Lipscomb a publicar um artigo que defendia a diminuição dos impostos sobre produtos importados financiando uma viagem do editor à Europa. Nenhuma delas merecia que eu voltasse correndo para a rua 35, concluí.

Além disso eu tinha outras tarefas. Para a distribuição das fotos encontrei-me com Saul Panzer, no prédio do *Times*, onde ele fazia um levantamento sobre a Assaped e as pessoas desamparadas. Depois estive com Orrie Cather, em um bar e churrascaria na avenida Lexington, onde ele me disse que o tal sujeito que lhe devia um favor estava jogando golfe no parque Van Cortlandt e seria acionado mais tarde. Em seguida falei com Fred Durkin, em um restaurante da Broadway, junto com a família, onde uma refeição no domingo custava um dólar e oitenta e cinco centavos para adultos e um dólar e quinze centavos para crianças. Nova York, num domingo no final de maio, não é lugar para se detonar uma investigação.

Fiz uma pequena tentativa, por conta própria, antes de voltar para a rua 35. Não me lembrava de ter algum dia prestado favores a um vendedor de jóias, mas certa vez ajudei bastante um membro do departamento de polícia de Nova York. Se tivesse cumprido com meus deveres de cidadão e detetive registrado, ele teria se danado e continuaria atrás das grades até hoje, mas havia atenuantes. Ninguém sabe disso, nem mesmo Wolfe. O sujeito deixou claro que gostaria de segurar meu casaco e meu chapéu se algum dia eu entrasse numa briga, mas na medida do possível me mantive afastado dele. Naquele domingo pensei, que nada, dê uma chance para que ele possa pagar o que deve. Telefonei e marquei um encontro para mais tarde.

Disse que lhe daria cinco minutos para me contar quem havia matado a sra. Fromm. Ele disse que, do jeito que andavam as coisas, demorariam cinco anos para descobrir, sem garantia de êxito. Perguntei se isso se baseava nas últimas informações obtidas, e ele jurou que sim. Isso era tudo o que eu queria saber, falei, retirando minha oferta de cinco minutos. Mas, se ele descobrisse que o crime seria esclarecido em cinco horas, em vez de cinco anos, eu agradeceria se me informasse.

Ele perguntou:

— Informasse o quê?

Expliquei:

— Que está quase no ponto. Assim posso dizer ao senhor Wolfe para correr e se proteger.

— Ele é gordo demais para correr.

— Mas eu não sou.

— Está bem, combinado. Tem certeza de que é só isso?

— Absoluta.

— Pensei que talvez fosse pedir a cabeça de Rowcliff servida numa travessa com uma maçã na boca.

Voltei para casa e contei tudo a Wolfe.

— Relaxe. A polícia continua brincando de cabra-cega. Sabem mais do que nós, mas nem por isso estão mais perto da resposta.

— Como sabe?

— Um passarinho me contou. É autêntico, recente e estritamente particular. Estive com os meninos, passei as fotos para eles. Quer os detalhes irrelevantes?

— Não.

— Tem instruções a me dar?

— Não.

— Algum programa para mim amanhã?

— Não.

Isso em pleno domingo à noite.

Na segunda-feira de manhã tive uma agradável surpresa. Wolfe nunca desce antes das onze horas. Depois de tomar café no quarto, ele pega o elevador para o andar de cima e passa duas horas com as plantas, antes de descer para o escritório. Para os contatos matinais comigo utiliza o interfone, a não ser que haja algo especial. Aparentemente aquela manhã era especial, porque Fritz, ao entrar na cozinha depois de levar o café dele para cima, anunciou solenemente:

— Audiência para você. *Levé!*

Reproduzo a fala em francês porque foi a língua usada.

Eu havia terminado de ler o jornal, no qual não havia nada capaz de contradizer meu informante, e quando esvaziei a xícara de café subi um lance de escadas, bati à porta e entrei. Nas manhãs chuvosas, ou mesmo nas nubladas, Wolfe toma café na cama, depois de empurrar a colcha de seda negra para os pés, porque as manchas poderiam danificá-la. Mas, quando o tempo está bom, Fritz instala a bandeja na mesinha perto da janela. Naquela manhã clara saboreei minha vingança, com uma agradável surpresa. Descalço, cabelos desgrenhados, dois hectares de pijama amarelo reluzindo ao sol, ele estava sensacional.

Trocamos bons-dias, e ele pediu que eu sentasse. Não restava nada em seu prato, mas ainda não terminara de tomar o café.

— Tenho instruções — informou.

— Certo. Pretendia ir ao banco às dez horas depositar o cheque da senhora Fromm.

— Faça isso. Depois cuidará do resto. Passará o dia inteiro na rua, possivelmente. Peça a Fritz para atender o telefone e tomar as precauções de praxe com os visitantes. Relatórios periódicos por telefone.

— O enterro será às duas horas.

— Sei disso; você pode voltar para almoçar, portanto. Veremos. Eis as instruções.

Ele me explicou tudo. Precisou de quatro minutos. Ao final perguntou se eu tinha alguma dúvida.

Franzi a testa.

— Uma — falei. — Ficou claro, mas e depois? O que devo fazer?

— Nada.

— Então não vou conseguir nada também.

Ele bebericou o café.

— Exatamente o que espero. Vai perturbá-los apenas, nada mais. Soltar um tigre no meio da multidão... ou, se soou muito bombástico, um rato. Como reagirão? Será que algum deles chamará a polícia? Em caso positivo, quem?

Concordei.

— Certo, percebo as implicações, mas gostaria de saber se devo provocar alguma reação específica neles.

— Não. Nenhuma. — Apanhou o bule de café.

Desci para o escritório. Em uma das gavetas da escrivaninha tenho um sortimento de cartões de visita, nove ou dez tipos diferentes, cada um com o texto apropriado, conforme as necessidades e ocasiões. Peguei alguns com meu nome no centro e a frase "Representante de Nero Wolfe" no canto, e em seis deles escrevi a tinta, embaixo do meu nome: "Para discutir o que a senhora Fromm contou ao senhor Wolfe na sexta-feira". Guardei-os na carteira, pus a arma no coldre de ombro e, assim equipado, peguei o chapéu e fui à luta.

Caminhei até o banco, um agradável passeio de quinze minutos naquela maravilhosa manhã de maio, e de lá peguei um táxi para a rua 68. Não sabia qual seria a aparência da casa de uma milionária falecida no dia de seu funeral, que se realizaria em uma capela na avenida Madison. Do lado de fora da casa as coisas estavam mais calmas do que no sábado. O único sinal incomum era um guarda uniformizado na calçada, sem ter o que fazer, e uma fita preta presa à porta. Não era o mesmo guarda que encontrei no sábado, mas este me conhecia. Quando avancei em direção à porta ele me deteve.

— Quer alguma coisa?

— Sim, policial, eu quero.

— Você é Archie Goodwin. O que pretende?

— Pretendo tocar a campainha e entregar meu cartão a Peckham, para que ele o leve até a senhorita Estey, e pretendo entrar, ser conduzido à presença dela e iniciar uma conversa...

— Certo; sem dúvida, este é o Goodwin.

Tal afirmação não exigia resposta, e ele ficou parado, de modo que passei reto e apertei a campainha. Em um instante a porta foi aberta por Peckham. Ele devia ter sido bem treinado, mas a minha presença foi demais para sua cabeça. Em vez de manter os olhos em meu rosto, como qualquer mordomo digno do nome faria, demonstrou seu espanto ao deparar com meu terno de tropical marrom, camisa bege-clara listada, gravata marrom e sapatos esfumaçados. Para ser justo, é bom lembrar que era dia de enterro.

Entreguei-lhe o cartão.

— A senhorita Estey, por favor?

Ele permitiu que eu entrasse, mas seu rosto traía a surpresa. Provavelmente ele pensou que eu era maluco, pelos fatos disponíveis seria a explicação mais simples. Em vez de me guiar pelo hall, pediu que eu esperasse ali mesmo, seguiu até a porta do escritório e sumiu lá dentro. Ouvi vozes, muito baixas para identificar as palavras, e depois ele saiu.

— Por aqui, senhor Goodwin.

Ele se afastou para o lado quando me aproximei, permitindo minha passagem pela porta. Jean Estey estava sentada à mesa, com meu cartão na mão. Sem se incomodar com cumprimentos, disse abruptamente:

— Quer fazer o favor de fechar a porta?

Atendi-a e voltei. Ela falou.

— Lembra-se do que eu lhe disse no sábado, senhor Goodwin?

Os olhos castanho-esverdeados estavam grudados em mim. Abaixo deles a pele inchara, por falta de sono, ou excesso, e, embora ainda fosse obrigado a admitir que era bonita, tive a impressão de que os dois dias transcorridos desde a minha visita a maltrataram como se fossem dois anos.

Fui até uma cadeira perto da ponta da mesa e me acomodei.

— Está se referindo ao pedido da polícia, de ver Nero Wolfe e relatar a conversa?

— Sim.

— O que é que tem?

— Nada. Só que... bem, se o senhor Wolfe ainda quiser me ver, creio que posso ir até lá. Não estou bem certa... mas garanto que não revelarei à polícia o que for dito. Acho que os investigadores são simplesmente horríveis. Já faz mais de dois dias que a senhora Fromm foi morta. Cinqüenta e nove horas depois eles ainda não descobriram absolutamente nada.

Precisei tomar uma decisão a respeito em cerca de um segundo. No ritmo em que ela ia, seria moleza levá-la até o nosso escritório, mas Wolfe ainda queria falar com a moça? O que ele gostaria que eu fizesse, que a levasse para o escritório ou seguisse as instruções anteriores? Não sei o que teria feito se pudesse seguir para um retiro espiritual e meditar sobre o tema, mas a resposta precisava ser imediata, e fiquei com as instruções.

Falei:

— Direi ao senhor Wolfe como se sente, senhorita Estey, e tenho certeza de que ele ficará honrado em marcar uma conversa, mas devo explicar que a frase escrita no cartão, "Representante de Nero Wolfe", não expressa a verdade. Estou aqui por minha conta.

Ela aprumou a cabeça.

— Por sua conta? Não trabalha para Nero Wolfe?

— Claro que trabalho, mas trabalho para mim também, quando tenho uma boa chance. Gostaria de lhe fazer uma proposta.

Ela olhou para o cartão de relance.

— Aqui diz: "Para discutir o que a senhora Fromm contou ao senhor Wolfe na sexta-feira".

— Isso mesmo, é o que desejo discutir, mas só aqui entre nós.

— Não entendo.

— Vai entender logo. — Inclinei-me em sua direção, baixando a voz. — Sabe, eu estava presente durante a conversa entre a senhora Fromm e o senhor Wolfe. Inteirinha. Tenho uma memória extremamente boa. Posso recitá-la para a senhorita, palavra por palavra, ou quase.

— É mesmo?

— Sim, e acho que vai gostar de ouvir esta história. Tenho motivos para crer que vai achá-la muito interessante. Pode pensar que me arrisco demais, mas sou assistente do senhor Wolfe há muitos anos, e fiz vários trabalhos de primeira para ele, confidenciais, e providenciei para que passasse a confiar em mim e, se ligar para ele quando eu sair daqui e contar o que acabo de lhe dizer, vai pensar que a senhorita está tentando confundi-lo. E, quando me perguntar o que aconteceu e eu disser que a senhorita é uma mentirosa nojenta, ele acreditará em mim. Portanto, não se preocupe com o meu pescoço. Posso relatar a tal conversa, inteirinha, por cinco mil dólares em dinheiro.

Ela disse:

— Oh! — Ou talvez tenha sido: — Uh!

De qualquer forma, foi só um barulho. Depois ficou me olhando fixo.

— Naturalmente — falei — não espero que tenha esta importância na bolsa, então poderíamos marcar para esta tarde. Mas quero pagamento adiantado.

— Isso é incrível — ela disse. — Por que motivo eu pagaria cinco centavos para que me contasse a tal conversa? Cinco mil, então, nem se fala. Por quê?

Balancei a cabeça.

— Para responder eu teria que lhe contar tudo. Depois do pagamento eu conto, pode valer ou não a pena. Não dou nenhuma garantia de satisfação, mas seria um tolo de vir aqui com uma oferta dessas se só tivesse um saquinho de pipocas para oferecer.

Ela desviou os olhos de mim. Abriu a gaveta para pegar o maço de cigarros, tirou um, bateu a ponta diversas vezes em um bloco de recados, e procurou o isqueiro em cima da mesa. Mas o cigarro não foi aceso. Ela o deixou de lado, e empurrou o isqueiro.

— Suponho — disse, os olhos novamente fixos em mim — que deveria ficar indignada e me sentir insultada; acho que o farei, mas agora estou chocada demais. Não sabia que você era um cafajeste ordinário. Se eu tivesse dinheiro para jogar fora, gostaria de pagar-lhe e ouvir tudo. Gostaria de ouvir o tipo de mentira que está tentando me vender. É melhor sair. — Ela se ergueu. — Ponha-se daqui para fora!

— Senhorita Estey, eu pensei...

— Fora!

Eu já vi cafajestes em movimento, tanto cafajestes inabaláveis quanto cafajestes com pressa, e eles não têm a mínima dignidade. Eu tinha. Peguei meu chapéu no canto da mesa e saí andando. No hall Peckham demonstrou seu alívio por se livrar de um agente funerário lunático sem incidentes lamentáveis, curvando-se à minha passagem depois de abrir a porta da rua. Na calçada o guarda resolveu dizer algo e mudou de idéia em seguida.

Achei um telefone público na esquina, em uma farmácia, liguei para Wolfe e fiz um relatório completo, como ordenado, acenando em seguida para um táxi, que me levou ao centro.

O endereço da segunda vítima, em Gramercy Park, era um velho prédio de apartamentos de tijolinhos amarelos, com porteiro uniformizado, saguão de entrada espaçoso com tapetes antigos finos e um elevador com ataques de asma terríveis. O ascensorista finalmente conseguiu me levar ao oitavo andar, depois que o porteiro ligou para lá e obteve autorização para tal. Quando apertei o botão da campainha do 8B a porta foi aberta por uma mulher com jeito de sargento, vestida como empregada, que me deixou entrar, guardou meu chapéu e me levou para um acesso em arco no final do hall.

Era uma sala de estar com pé-direito alto, mais do que completamente mobiliada, o amarelo era a cor dominante das cortinas e tapeçarias e revestimentos, ao lado do violeta, verde-claro e grená — pelo menos foi a impressão que tive numa olhada rápida em volta. O toque em preto foi providenciado pelo vestido da mulher, que se moveu para me receber quando cheguei mais perto. O preto combinava com ela, com os cabelos louro-acinzentados presos num coque atrás da cabeça, com os olhos azul-claros, com a pele pálida bem cuidada. Ela não esticou a mão, mas sua expressão não era hostil.

— Senhora Horan? — perguntei.

Ela assentiu.

— Meu marido ficaria furioso comigo por atendê-lo, mas não agüentei, sou muito curiosa. Claro, preciso ter certeza... você é mesmo Archie Goodwin, que trabalha para Nero Wolfe?

Tirei um cartão de visitas da carteira e mostrei a ela, que o segurou de lado, para que recebesse mais luz e ela o pudesse ler melhor. Depois ela arregalou os olhos.

— Mas eu não... "Para discutir o que a senhora Fromm contou ao senhor Wolfe"? Comigo? Por que comigo?

— Porque a senhora é a esposa de Dennis Horan.

— Claro, sou mesmo. — Seu tom indicava que tal pensamento não lhe ocorrera. — Meu marido vai ficar furioso!

Eu olhei de relance, por cima do ombro.

— Talvez seja melhor sentarmos perto da janela. Isso é meio particular.

— Certamente. — Ela deu meia-volta e achou o caminho no meio da mobília, e eu a segui. Quando escolheu uma cadeira próxima à janela, no canto, peguei outra e coloquei-a bem perto, para ficar mais aconchegante.

— Sabe de uma coisa? — ela disse — esta é uma coisa terrível. *Muito* terrível. Laura Fromm era uma pessoa tão fina. — Ela poderia ter usado o mesmo tom e expressão do rosto para me dizer que gostava do meu corte de cabelo. E completou: — Você a conheceu bem?

— Não, eu a vi apenas uma vez, na sexta-feira passada, quando foi falar com o senhor Wolfe.

— Ele é detetive, certo?

— Isso mesmo.

— Você também é detetive?

— Sim, trabalho para o senhor Wolfe.

— Isso é simplesmente fascinante. Claro, dois homens vieram aqui fazer umas perguntas... não, três... e no sábado havia outros, no escritório do promotor distrital, mas não passavam de policiais. Você é detetive de verdade. Nunca pensei que um detetive fosse tão... quer dizer, que se vestisse tão bem. — Ela gesticulou graciosamente. — Mas já estou começando a falar bobagem, como de costume, e você quer discutir alguma coisa, não é mesmo?

— A idéia é essa. Discutir o que a senhora Fromm contou ao senhor Wolfe.

— Então vai precisar me contar o que foi. Não posso discutir antes de saber do que se trata, ou posso?

— Não — concordei. — Mas não posso dizer o que é até descobrir o quanto deseja saber a história toda.

— Ah, quero muito saber de tudo.

— Muito bem. Achei que ia querer mesmo. Bem, senhora Horan, eu estava na sala o tempo inteiro, enquanto a senhora Fromm e o senhor Wolfe conversaram, e me lembro de cada palavra que foi dita. Por isso, achei que ficaria extremamente curiosa; sua atitude não me surpreende em nada. O problema é que não posso me dar ao luxo de satisfazer sua curiosidade de graça. Eu deveria ter explicado antes; não estou aqui representando Nero Wolfe, por isso falei que nossa conversa era particular. Estou representando apenas a mim mesmo. Poderei satisfazer sua curiosidade se me emprestar cinco mil dólares, a serem pagos no dia em que chover para cima.

A única reação visível ocorreu nos olhos azuis, que se abriram mais um pouco.

— Isso é uma idéia intrigante — ela disse —, chover para cima, e não para baixo. Seria chover das nuvens para o céu, ou do chão para as nuvens?

— Qualquer jeito serve.

— Gosto mais saindo do chão. — Pausa. — O que disse mesmo sobre um empréstimo? Peço que me desculpe, minha mente se deteve na chuva para cima.

Eu estava quase admitindo que ela era demais para mim, mas segui penosamente em frente. Deixei a chuva de lado.

— Se me pagar cinco mil dólares contarei o que a senhora Fromm conversou com o senhor Wolfe. Em dinheiro, adiantado.

Seus olhos se arregalaram.

— Foi isso que disse? Acho que não entendi.

— Tentei tornar mais engraçado falando da chuva. Sinto muito. É melhor assim, do modo mais direto.

Ela balançou a linda cabeça.

— Não é melhor para mim, senhor Goodwin. Parece uma idéia absolutamente maluca... Ah! Já entendi! Quer dizer que ela falou alguma coisa horrível a meu respeito! Isso não me surpreende, mas o que foi?

— Eu não disse que ela falou algo a seu respeito. Eu apenas...

— Mas claro que ela falou! Era o que ela faria! O que foi?

— Não — retruquei, firme. — Acho que não me fiz entender muito bem. — Ergui um dedo. — Primeiro a senhora me dá o dinheiro. — Outro dedo. — Segundo, eu relato os fatos. Estou tentando vender isso, entendeu?

Ela mexeu a cabeça pesarosa.

— Temos um problema, então.

— Qual é?

— Bem, acho que não está falando sério. Se tentasse vender sua história por vinte dólares, seria muito diferente, e claro que eu adoraria saber o que ela andou dizendo... mas cinco mil! Sabe o que eu acho mesmo, senhor Goodwin?

— Não tenho a menor idéia.

— Acho que o senhor é uma pessoa fina demais para usar esse tipo de tática, despertar minha curiosidade e me fazer falar. Quando entrou aqui eu não podia imaginar que era assim, desse jeito. Especialmente seus olhos. Eu vou pelos olhos.

Também vou pelos olhos, até certo ponto, e os dela não combinavam com a cena. Apesar de não ser o par mais esperto e perspicaz que eu já vira, não eram olhos de uma desmiolada. Gostaria de passar mais uma ou duas horas por ali, e tentar desvendar seu mistério. Mas minhas instruções eram falar sem rodeios, registrar as reações e seguir em frente; ademais, queria avançar o máximo na lista, antes do horário previsto para o enterro. Assim sendo, levantei-me para sair. Ela lamentou imensamente que eu precisasse ir embora. Chegou até a insinuar que aumentaria em dez sua contraproposta de vinte paus; mas deixei claro que o comentário sobre as táticas feriram meus sentimentos, e agora eu só queria ficar sozinho.

Chegando à rua corri para o telefone público, relatando a visita a Wolfe, e depois peguei um táxi até a rua 42.

Lon Cohen informara que eu não deveria censurar a Associação de Auxílio às Pessoas Desamparadas por ocupar um escritório elegante e ensolarado em um dos prédios mais novos do centro, porque a sra. Fromm era dona do edifício, e eles não pagavam aluguel. Mesmo assim, era um exagero de luxo, para uma entidade que se dedicava aos desafortunados e oprimidos. Na recepção reluzente topei com um exemplo, bem na minha cara. Na extremidade de um sofá de couro marrom, mergulhado no desespero, abatido, usando um terno cinza surrado dois números maior, jazia um espécime típico. Observei-o de relance, imaginando como o local deveria intimidá-lo, mas depois fitei-o novamente e parei de imaginar. Era Saul Panzer. Nossos olhares se cruzaram, desviaram-se, e fui falar com a recepcionista, que tinha um nariz longo e fino, e queixo combinando.

Ela disse que a srta. Wright estava ocupada, e só recebia pessoas com hora marcada. Depois de mostrar o cartão e convencê-la a anunciar não apenas meu nome, como também a mensagem logo abaixo, fui avisado de que seria recebido, mas ela não gostou disso. Deixou claro, cerrando os lábios e fazendo uma careta, que não desejava nada de mim.

Fui conduzido a uma sala de canto, grande, com janelas dos dois lados, com vistas para os lados sul e leste de Manhattan. Havia duas mesas, mas só uma delas estava ocupada, por uma executiva de cabelos castanhos, com ar quase tão abatido quanto o de Saul Panzer, embora não cedesse nem pretendesse ceder ao cansaço.

Ela me cumprimentou com uma exigência.

— Posso ver o cartão, por gentileza?

O texto havia sido transmitido a ela pelo telefone. Eu me estiquei e entreguei o cartão. Ela o leu e ergueu os olhos para mim.

— Estou muito ocupada. Isso é urgente?

— Não levará muito tempo, senhorita Wright.

— Qual será a vantagem de discutir isso comigo?

— Não sei. Vamos deixar a questão da vantagem ou não em aberto. Estou falando estritamente em meu nome, não da parte de Nero Wolfe, e não há...

— Não foi Nero Wolfe quem o mandou aqui?

— Não.

— Nem a polícia?

— Não, foi idéia minha. Andei dando azar, e preciso de dinheiro. Tenho uma coisa para vender. Sei que hoje é um péssimo dia para a senhorita, há o enterro da senhora Fromm esta tarde, mas isso não demora, pelo menos espero que não, e preciso de cinco mil dólares o mais depressa possível.

Ela sorriu com o canto da boca.

— Lamento, mas não tenho esta importância comigo, se for um assalto. Você não é um detetive bem-conceituado, com licença e tudo?

— Tento ser. Como já falei, dei azar. Agora quero vender uma coisa, é só pegar ou largar. Depende de quanto a senhorita está interessada em saber o que a senhora Fromm conversou com o senhor Wolfe. Cinco mil pode ser uma ninharia para a senhorita, ou então não. Pode julgar melhor do que eu, embora não tenha como saber realmente até ouvir a história inteira.

Ela me examinou.

— Então é isso — ela disse.

— É isso — repeti.

Seus olhos castanhos eram mais difíceis de enfrentar que os de Jean Estey ou Claire Horan. Meu problema era parecer um homem basicamente inescrupuloso, e mesmo assim um rato no qual se poderia confiar para cumprir o combinado. Seu olhar implacável me dava a sensação de que eu não estava vestido corretamente para o papel, mesmo assim tentei ordenar ao meu rosto que não revelasse nada. O rosto achava que era melhor fazer logo alguma coisa, assim usei a boca.

— Compreenda, senhorita Wright, trata-se de uma oferta de boa-fé. Posso contar tudo o que eles disseram.

— Mas quer o dinheiro antes. — Sua voz era tão dura quanto o olhar.

Espalmei as mãos.

— Sinto, mas é o único jeito. Pode me mandar para o inferno, se quiser.

— Posso mesmo. — Sua mente estava trabalhando. — Talvez seja possível chegarmos a um acordo. — Ela apanhou um bloco de papel na gaveta e empurrou a caneta que havia em cima da mesa na minha direção. — Pegue uma cadeira, ou use a outra mesa, e ponha sua oferta por escrito, resumidamente.

Escreva assim: "Em troca do pagamento de cinco mil dólares em dinheiro contarei a Angela Wright, imediata e detalhadamente, a conversa ocorrida entre Laura Fromm e Nero Wolfe, na tarde de sexta-feira passada". Ponha a data e assine. Isso é tudo.

— E entrego à senhorita?

— Sim. Será devolvido assim que você cumprir sua parte no trato. Não acha justo?

Sorri para ela.

— Não acho, senhorita Wright. Se eu fosse tão bobo, quanto tempo acha que eu teria durado com Nero Wolfe?

Ela devolveu o sorriso.

— Quer mesmo saber o que penso?

— Quero.

— Acho que, se fosse capaz de vender segredos ouvidos no escritório de Wolfe, ele teria descoberto isso há muito tempo e você já estaria no olho da rua.

— Eu disse que dei azar.

— Nem tanto. Eu também não sou nenhuma tonta. Claro, você tem razão quanto a uma coisa, ou seja, o senhor Wolfe tem, eu gostaria muito de saber por que a senhora Fromm o procurou. Naturalmente. Fico imaginando o que aconteceria realmente se eu providenciasse o dinheiro e o entregasse.

— Existe uma maneira simples de descobrir.

— Talvez haja uma ainda mais simples. Posso perguntar ao senhor Wolfe.

— Eu diria que era tudo mentira.

Ela assentiu.

— Sim, suponho que diria. Ele não poderia admitir que o enviou para fazer uma oferta dessas.

— Principalmente porque ele não me mandou fazer isso.

Os olhos castanhos brilharam por um instante e voltaram a ser implacáveis.

— Sabe o que me incomoda mais, senhor Goodwin? Lamento ser tomada por uma completa idiota. Sou vaidosa. Diga isso ao senhor Wolfe. Diga-lhe que não me importo por tentar este truque comigo, mas que me irrita muito o fato de me subestimar.

Sorri ironicamente para ela.

— Gosta da idéia, não é?

— Sim, ela tem um apelo muito forte.

— Está bem, pense o que quiser. É de graça mesmo.

Virei-me e saí. Passei pela recepcionista e vi Saul no sofá. Gostaria de avisá-lo de que enfrentaria uma telepata, mas, claro, precisava evitar qualquer contato.

No térreo encontrei um telefone público, fiz o relatório para Wolfe e saí atrás de um bar para tomar uma coca, em parte porque morria de sede e em parte porque precisava de um tempo para me recuperar. Será que eu tinha metido os pés pelas mãos, será que ela era esperta demais para mim ou o quê? Quando terminei a coca concluí que a única forma de impedir que a intuição feminina desse uma tacada de sorte esporádica era ficar longe de todas as mulheres, o que não era prático. De qualquer maneira, Wolfe parecia acreditar que isso não importava, pois eu havia feito a oferta, e este era o ponto central.

Até minha próxima parada era só uma pequena caminhada, e segui andando para o velho prédio decadente na rua 43, a oeste da Quinta Avenida. Saindo do elevador, encontrei a porta onde se lia *Pensamento Atual*, entrei e tive uma agradável surpresa. Tendo comprado no domingo um exemplar da revista que Vincent Lipscomb editava, dei uma folheada nela antes de passá-la a Wolfe, e calculei que uma pessoa do sexo feminino, para trabalhar lá, deveria ter todos os seus pontos interessantes, caso existissem, dentro da cabeça; mas uma gata cheia de curvas, sentada na recepção, fixou seus olhos marotos em mim. Pelo sorriso com que fui recebido parecia que sua única razão para aceitar aquele emprego havia sido a possibilidade de um dia alguém como eu aparecer por lá.

Eu adoraria cooperar, perguntando que tipo de orquídea ela apreciava, mas já era quase meio-dia; assim, só retribuí o sorriso, disse que queria ver o sr. Lipscomb e entreguei-lhe o cartão.

— Um cartão? — Ela adorou. — Em grande estilo, hã? — Ao ver o que estava escrito, ela me deu uma segunda olhada, ainda simpática, embora mais reservada, enfiou um plugue na tomada com dedos ágeis, pressionou um botão, e em um instante começou a falar no aparelho.

Ela removeu o plugue, entregou-me o cartão e disse:

— Por ali, terceira porta à esquerda.

Não precisei contar as três portas, porque quando comecei a percorrer o corredor escuro e estreito uma porta se abriu e um sujeito apareceu gritando como se estivesse na outra margem de um rio:

— Aqui! Aqui! — Depois sumiu de novo.

Quando entrei, ele estava em pé, virado de costas, olhando pela janela, com as mãos enfiadas no bolso da calça. A sala era pequena, a mesa e as duas cadeiras poderiam ser adquiridas na Segunda Avenida pelo preço de um par de sapatos Warburton.

— Senhor Lipscomb?

— Sim.

— Sabe quem eu sou.

— Sim.

Sua voz, embora ele estivesse falando bem baixinho, usava cinco vezes mais decibéis do que o necessário. Talvez para combinar com sua estatura, pois era cinco centímetros mais alto do que eu, os ombros largos muito mais largos. Ou quem sabe para combinar com o nariz, que era grande e chato, capaz de arruinar qualquer rosto, independente do restante.

— Trata-se de um assunto confidencial — disse-lhe. — Pessoal e privado.

— Sim.

— E apenas entre nós dois. A proposta vem apenas de mim, e está sendo feita apenas para o senhor.

— De que se trata?

— Uma oferta de troca de informações por dinheiro. Como edita uma revista, conhece bem como funciona. Por cinco mil dólares posso contar tudo sobre a conversa entre a senhora Fromm e o senhor Wolfe na sexta-feira passada. Material autêntico e completo.

Ele tirou a mão do bolso para coçar o queixo e colocou-a novamente. Quando falou, sua voz havia baixado a um nível razoável.

— Meu caro amigo, não sou Harry Luce. De qualquer maneira, revistas não compram matérias assim. O procedimento é o seguinte: você confia em mim e conta o que sabe, e depois, se eu tiver uso para o material, negociamos o preço. Se não fecharmos negócio, fica tudo por isso mesmo. — Ele ergueu os ombros largos e soltou-os. — Não sei. Certamente devo publicar um artigo sobre Laura Fromm, uma matéria provocativa, bem elaborada. Foi uma grande mulher, e uma grande dama; mas no momento não vejo como encaixar suas informações. De que se trata?

— Não me refiro à sua revista, senhor Lipscomb. Estou falando do senhor, pessoalmente.

Ele franziu as sobrancelhas. Se ele não era sincero, era um ator.

— Não estou entendendo.

— É muito simples. Ouvi a conversa inteira. Naquela noite a senhora Fromm foi assassinada, e está envolvido, portanto...

— Isso é um absurdo. Eu não estou envolvido. As palavras são minha especialidade, senhor Goodwin, e uma dificuldade a respeito delas é que todos as utilizam, com demasiada freqüência ignorando seu significado real. Estou pronto a aceitar que usou a palavra inadvertidamente. Caso contrário, trata-se de uma calúnia. Eu não estou envolvido.

— Tudo bem. Está preocupado?

— Claro que sim. Não era amigo íntimo de Laura Fromm, mas eu a estimava muito, e sentia orgulho de conhecê-la.

— Esteve no jantar na casa de Horan, na sexta-feira à noite. Foi um dos últimos a vê-la com vida. A polícia, que à sua própria maneira também se especializa em palavras, fez um monte de perguntas, e vai voltar para fazer mais. Enfim, disse que se preocupa com o assunto. Levando-se tudo em conta, inclusive o que ouvi a senhora Fromm contando ao senhor Wolfe, pensei que sua preocupação bem que podia valer cinco mil dólares.

— Isso está começando a parecer uma chantagem. É?

— Pode me revistar. O senhor é especialista em palavras. Eu sou ignorante.

Suas mãos abandonaram os bolsos abruptamente, e por um segundo pensei que pretendia me revistar mesmo, mas ele só esfregou as mãos.

— Se é chantagem, deve haver uma ameaça. Se eu pagar, o que acontece?

— Nenhuma ameaça. Recebe as informações e pronto.

— E se eu não pagar?

— Não recebe nada.

— E quem recebe?

Balancei a cabeça negativamente.

— Eu disse que não havia ameaça alguma. Estou só tentando vender algo.

— Claro. Uma ameaça não precisa ser explícita. Foi publicado que o senhor Wolfe andava investigando a morte da senhora Fromm.

— Correto.

— Mas ela não o contratou para isso, uma vez que certamente não antecipou sua própria morte. A mim parece que a situação é a seguinte: ela pagou a Wolfe para que investigasse algo ou alguém, e naquela noite foi morta. Ele se considerou obrigado a investigar o crime. Você não pode estar se oferecendo para vender informações que, na opinião de Wolfe, estão ligadas à morte dela, porque não teria como ocultar provas do assassinato sem a conivência de Wolfe, e pelo que entendi ele está fora dessa jogada, certo?

— Isso mesmo.

— Então está oferecendo informações. Algo que a senhora Fromm disse a Wolfe, que não precisa ser revelado por não estar ligado ao homicídio em questão. Não é correto?

— Sem comentários.

Ele balançou a cabeça.

— Assim não dá. Se não me explicar isso direito, não posso negociar com você. Não estou dizendo que *vou* fechar negócio se me contar, mas sem saber nada não tenho como decidir.

Ele deu meia-volta e passou a olhar pela janela, se seus olhos estivessem abertos. Eu só via suas costas largas. Ele ficou naquela posição tempo suficiente para que se tirasse sua temperatura, e um pouco mais. Finalmente se virou.

— Acho que não ajudaria em nada, Goodwin, se eu classificasse sua conduta como merece. Meu Deus, que maneira de se ganhar a vida! Eu fico aqui, dedicando meu tempo, talento e energia a um esforço para aprimorar a conduta humana, e você vem com esta história. Mas nada disso lhe interessa, você só liga para o dinheiro. Meu Deus! Dinheiro! Vou pensar no assunto. Posso telefonar para você, ou não. Seu número está na lista?

Eu disse que sim, era o número de Nero Wolfe, e sem me preocupar em ouvir mais fatos ruins sobre meu modo de ser, comparado ao dele, dei o fora. Minha amiguinha alegre da recepção continuou me dando bola, mas achei que seria péssimo para ela se meter com um mau-caráter como eu e passei reto.

Procurei um telefone público na rua, disquei o número que conhecia muito bem e a voz de Wolfe chegou aos meus ouvidos.

— Pronto, acabei com o Número Quatro — disse a ele. — Lipscomb. Está sentado?

— Prossiga. Sem perguntas.

Quando ele falava "sem perguntas", queria dizer que não se encontrava sozinho. Tive, portanto, o maior cuidado ao contar tudo, inclusive a má impressão que causei no batalhador do aprimoramento da conduta humana. Depois disso lembrei a ele que faltavam vinte minutos para o meio-dia, a fim de poupar-lhe o trabalho de olhar o relógio, e perguntei se deveria seguir para o Número Cinco, Paul Kuffner, o relações-públicas que me tratara com tanta diplomacia quando me encontrou com Jean Estey.

— Não — ele disse seco. — Venha para casa imediatamente. O senhor Paul Kuffner está aqui, e eu quero falar com você.

10

O tom imperativo na ordem de Wolfe me alertou quanto ao que esperar, claro. Não me surpreendi com o olhar furioso que me reservou quando cheguei ao escritório. Paul Kuffner, na poltrona de couro vermelho, não ligou o sorriso de aprovação entusiástica que exibira no sábado, mas eu não poderia classificar sua expressão de hostil. Suponho que um trabalho eficiente de relações públicas descarte a hostilidade ostensiva contra um semelhante, a não ser que este literalmente devore sua orelha. Uma mordida só não basta.

Quando me acomodei em minha mesa, Wolfe falou:

— Não se sente aí, Archie. Seu direito de ocupar esta mesa está suspenso. — Ele apontou para uma das poltronas amarelas. — Troque, por favor.

Fiquei atônito.

— O quê? Qual é o problema?

— Troque, por favor. — Ele estava inflexível.

Ordenei a meu rosto que, além de surpresa, revelasse o quanto eu estava magoado e incrédulo. Levantei-me, fui até a poltrona amarela e me acomodei, encarando-o também muito sério. Seu tom de voz era coerente com a situação.

— O senhor Kuffner fez uma acusação chocante. Quero que ele a repita, frente a frente. Senhor Kuffner?

Kuffner sofreu por ser obrigado a dizer aquilo. Sua boca carnuda e larga se contorceu, fazendo com que o bigode aparado se arqueasse. Ele falou comigo, e não com Wolfe.

— Fui informado de que esta manhã o senhor fez uma proposta para uma senhora cuja honestidade eu garanto. Ela disse que se ofereceu para contar tudo sobre a conversa que a senhora Fromm teve com o senhor Wolfe na sexta-feira passada, caso pagasse antes cinco mil dólares em dinheiro.

Eu não dei um pulo da poltrona de indignação. Sendo um detetive veterano, com vasta experiência e orientação de Nero Wolfe, era capaz de enfrentar uma situação constrangedora com uma certa fleuma. Ergui o queixo um centímetro e perguntei a ele:

— Qual é o nome da senhora em questão?

Ele balançou a cabeça.

— Não o revelei ao senhor Wolfe, porque ela pediu que não o fizesse. Claro, sabe muito bem quem é.

— Esqueci. Conte-me.

— Não.

— Pelo amor de Deus. — Eu estava parcialmente enojado. — Se estivesse falando com um senador da República, naturalmente não esperaria que fornecesse o nome de quem me acusa, mas, como não estou, vá pentear macacos.

Kuffner ficou abalado, mas era teimoso.

— A situação me parece bem simples. Peço apenas que me responda uma pergunta: fez esta oferta para alguma mulher, esta manhã?

— Está bem, vou responder. Depois dirá que um homem reclamou que eu roubei o queijo da ratoeira da casa dele na noite passada, e roubei, e respondo mais esta pergunta. Depois dirá que um cavalo lhe contou que eu cortei seu rabo...

— É o bastante — Wolfe interferiu. — Ele tem uma certa razão, senhor Kuffner. Acusações anônimas são muito frágeis.

— Para mim não são anônimas. Eu conheço a pessoa.

— Então diga o nome.

— Ela pediu que não o fizesse.

— Se prometeu não revelar o nome eu lamento muito, mas estamos em um impasse. Não me surpreende que o senhor Goodwin faça esta exigência. Seria ingenuidade da parte dele não fazê-la. Portanto, isso liquida o assunto. Não pretendo me deter mais nisso. Se não consegue justificativas para seu desejo de obter respostas a acusações anônimas, eu também não.

Kuffner torceu a boca, e o bigode ficou parecendo um parêntese deitado. A mão seguiu automaticamente para o bolso lateral e voltou com uma cigarreira. Ele a abriu, tirou um cigarro e se deu conta do ato, perguntando:

— Posso fumar?

— Não — Wolfe disse secamente.

Aquela não era, de forma alguma, uma regra rígida e definitiva. Já fora deixada de lado não só no caso de alguns homens, como também de umas poucas mulheres, não necessariamente clientes potenciais. Kuffner sentia-se frustrado e confuso. O exercício de um vício básico fora arbitrariamente proibido, e agora ele tinha um problema a mais. Retirar um cigarro de uma cigarreira de metal com grampo de mola só exige um toque do polegar e de um dedo, mas devolvê-lo ao lugar é bem mais complicado. Ele o solucionou guardando a cigarreira no bolso esquerdo e o cigarro no direito. Tentava não corar, mas sua voz demonstrava o constrangimento.

— Foi a senhorita Angela Wright.

Eu o enfrentei com brio.

— A senhorita Wright lhe disse isso?

— Sim.

— Falou que eu fiz a tal oferta?

— Sim.

Ergui-me e fui até minha mesa. Wolfe perguntou:

— O que está fazendo?

— Ligando para a senhorita Wright, para confirmar. Se ela disser sim, eu a chamarei de mentirosa cara-de-pau, e oferecerei um vidro de óleo de peroba por cinco mil dólares.

— Ela saiu — disse Kuffner.

— Aonde foi?

— Ela estava de saída para comer um lanche, e depois iria até a capela onde se realizará o serviço fúnebre.

— Você fez uma oferta à senhorita Wright, nos termos descritos pelo senhor Kuffner? — Wolfe perguntou.

— Não, senhor.

— Disse algo a ela que pudesse ser razoavelmente compreendido como uma oferta desta ordem?

— Não, senhor.

— Mais alguém ouviu sua conversa com ela?

— Não, a não ser que houvesse algum microfone escondido.

— Sente-se à sua mesa então, por favor. — Wolfe virou-se para o visitante. — Caso tenha relatado corretamente o que a senhorita Wright lhe contou, trata-se da palavra dela contra a do senhor Goodwin. Eu acredito no senhor Goodwin. Além do que já disse, tem provas do ocorrido?

— Não tenho provas, não.

— Mesmo assim acredita na senhorita Wright?

— Ah... sim, acredito.

— Então, cá estamos nós. Percebe, suponho, que para mim não se trata exclusivamente de uma escolha entre a senhorita Wright e o senhor Goodwin para o título de mentiroso, uma vez que não tenho conhecimento do que ela lhe disse, a não ser seu próprio testemunho.

Kuffner sorriu. Ele já se recuperara, estava afável novamente.

— Podemos tornar isso unânime, senhor Wolfe. Não mencionei antes o que vou dizer, por se tratar apenas de uma inferência da senhorita Wright. Na opinião dela, o senhor mandou que Goodwin fizesse a proposta a ela. Assim sendo, para mim também há opções.

Wolfe balançou a cabeça, despreocupado.

— Depois de pronto, o tecido pode ser bordado à vontade. — Ele olhou para o relógio. — Faltam vinte minutos para meu almoço. Estamos em um beco sem saída, e podemos deixar isso para lá, a não ser que prefira continuar no terreno das hipóteses. Podemos presumir que a senhorita Wright está mentindo, ou o senhor. Ou então que o mentiroso é o senhor Goodwin, sozinho ou com minha ajuda. Estou disposto, enquanto base para a discussão, a aceitar esta última possibilidade. Esta é a melhor posição que poderia ocupar. E daí?

Kuffner estava pronto para isso.

— Neste caso, eu pediria que explicasse por que fez uma proposta inadequada e coercitiva para a senhorita Wright.

— Eu retrucaria que não tem autoridade para regular minha conduta. E então?

— Eu decidiria, e faria isso com relutância, que era meu dever informar a polícia de que interferiram em uma investigação oficial de homicídio.

— Asneira. Minha conversa com a senhora Fromm foi relatada a eles, mas não com exclusividade de direitos. Não sou advogado, o que um cliente me conta não é confidencial. Não houve interferência nem impropriedade, e certamente não ocorreu nenhuma coerção. Eu tinha algo em meu poder, de modo legal e honesto, o registro de uma conversa, e o coloquei à venda, sem tentativa de forçar uma alternativa desagradável ou acenar com ela. Sua decisão de avisar a polícia não me diz respeito.

Kuffner sorria.

— Certamente estava preparado para isso.

— Deveria estar. Analisei as hipóteses. O que mais?

O sorriso desapareceu.

— Gostaria de deixar de lado esta hipótese. Mesmo que eu pudesse provar que a proposta foi feita, e não posso, pois só tenho a palavra da senhorita Wright, esta poderia ser justificada, digamos, e portanto aonde tudo isso me levaria? Não temos mais muito tempo, preciso ir ao enterro, e quero ir direto aos negócios.

— Que negócios? Seus ou meus?

— Ambos. — Kuffner inclinou-se para a frente. — Minha profissão, senhor Wolfe, é aconselhar meus clientes, e até certo ponto cuidar de seus assuntos, a fim de que suas atividades sejam vistas sob uma luz favorável. A senhora Fromm era uma de minhas clientes. A outra era, e ainda é, a Associação de Auxílio às Pessoas Desamparadas. Tenho um sentimento de dever muito forte com relação à senhora Fromm, que não diminuiu com a morte dela. Pelo contrário, eu farei qualquer coisa a meu alcance para garantir que sua memória e reputação não sejam atingidas. Também estou preocupado com a associação. Pelo que sei, não há ligação entre a morte dela e os negócios da associação, mas existe a possibilidade de haver alguma. Sabe de algo?

— Prossiga, senhor Kuffner.

— Pois não. Creio que seja bem possível, bem provável até, que haja uma ligação entre a morte da senhora Fromm e sua conversa com o senhor, na sexta-feira. O assunto tratado aqui deve ter sido secreto, porque ela não disse a ninguém que viria vê-lo, pelo que sei. Teria sido uma coisa natural contar a mim, isso é óbvio, mas ela não contou. Deve ter sido importante, porque certamente não visitaria um detetive particular, especialmente o senhor, para tratar de coisas triviais. E, se havia ligação com quem ou o que a matou, a conversa foi mais do que importante, deve ter sido vital. Eu quero saber o que falaram... eu *preciso* saber. Tentei fazer com que a polícia me contasse, mas não adiantou nada. Acabou de dizer que o registro daquela conversa é seu, por direito, tudo dentro da lei, e que não seria impróprio vender isso. Pagarei os cinco mil dólares pela história. Em dinheiro, adiantado. Se aceitar, posso providenciar o valor para esta tarde.

Wolfe o olhava de cenho franzido.

— O que prefere, senhor Kuffner, preto ou branco? Não dá para ser dos dois jeitos. O senhor ia denunciar uma proposta desonesta para a polícia, e agora manifesta total disposição de compactuar com a desonestidade. Um malabarismo ético extraordinário.

— Não é mais extraordinário do que o seu — Kuffner retrucou. — Estava condenando Goodwin por causa disso, chegou a ordenar que se afastasse da mesa, e depois justificou a atitude dele.

— Certamente. O senhor Goodwin estaria tentando vender algo que não lhe pertence; pertence a mim. — Wolfe ergueu a mão. — Mas sua destreza como acrobata casuístico, embora impressionante, é irrelevante. A questão central é: aceito ou não sua proposta? A resposta é negativa. Devo recusá-la.

O punho de Kuffner bateu contra o braço da poltrona.

— Não pode recusar-se! Não pode!

— Não?

— Não! Tenho direito de exigir isso, como representante dos interesses da senhora Fromm! Não tem o direito de recusar-se! Trata-se de uma interferência inaceitável em minhas funções legítimas.

Wolfe balançou a cabeça.

— Se não houvesse outro motivo para minha recusa, seria suficiente temer um relacionamento com sua pessoa. É ágil demais para o meu gosto. Minutos atrás era uma interferência inaceitável propor a venda de uma informação; agora é uma interferência inaceitável a recusa em vendê-la. O senhor me confundiu, e eu preciso ao menos de um tempo para colocar a cabeça no lugar. Sei como contatá-lo. — Ele olhou para o relógio. — Vai se atrasar para o enterro.

Era verdade. Kuffner olhou para seu relógio de pulso e ergueu-se. Ele obviamente decidira, a julgar por seu rosto, que precisava sair sob luz favorável. Sorriu para mim e depois para Wolfe.

— Eu lamento — ele disse — ter sido tão impulsivo em minhas acusações. Espero que sejam compreensivos. Esta é de longe a pior situação que já precisei enfrentar. De longe. Esperarei ansioso por um sinal de vocês.

Quando retornei, após acompanhá-lo até a porta, Wolfe já cruzara o hall, a caminho da sala de jantar.

11

Naquela tarde, às seis e meia, eu me sentei em uma cadeira dura de madeira, no escritório de Mandelbaum, promotor distrital assistente, uma sala minúscula, para representar minha cena.

As três pessoas na platéia lotavam a saleta. Atrás da mesa ficava Mandelbaum, um homem de meia-idade, gorducho, que seria classificado de careca em dois anos. No seu cotovelo havia um investigador da Homicídios chamado Randall, alto e magro, sem nada a cobrir seus ossos, exceto a pele. Jean Estey, em uma cadeira perto da beirada da mesa, no lado oposto ao meu, usava um vestido cinza-escuro, que não combinava muito bem com seus olhos castanho-esverdeados, mas que deveria ser o traje mais adequado para ir a um enterro em seu guarda-roupa.

A conversa consistiu principalmente em perguntas feitas por Mandelbaum e respostas dadas pela senhorita Estey e eu, e depois de dez minutos, mais ou menos, achei que a situação estava madura para meu discurso, e ataquei.

— Eu não o culpo — falei a Mandelbaum — por perder seu tempo, ou mesmo por me fazer perder o meu, pois sei muito bem que noventa por cento de uma investigação de assassinato é chover no molhado, mas isso aqui não está demorando demais? Aonde vamos chegar? Os fatos não importam, eu desisto, quero ir embora. Se a senhorita Estey inventou tudo, não precisa de mim para ajudá-lo a descobrir por quê. Se ela está dizendo a verdade, eu fiz aquela proposta por minha própria conta, o senhor contou tudo a Wolfe pelo telefone, e ele é o sujeito indicado para me passar um sabão, e ninguém mais. Se Wolfe me enviou para fazer a tal oferta, como prefere acreditar, qual é o motivo de tanta onda? Ele poderia pôr um anúncio no jornal oferecendo uma transcrição da conversa com a senhora Fromm a qualquer um que aceitasse pagar o preço pedido, o que não seria muito nobre, nem do seu gosto, mas em que artigo ele seria enquadrado? Vim até aqui a convite, e agora gostaria de voltar para casa e tentar convencer meu patrão de que não sou uma víbora aninhada em seu colo.

Não foi assim tão fácil, mas depois de mais cinco minutos recebi autorização para ir embora sem precisar abrir caminho a bala. Jean Estey não tentou me dar um beijo de despedida.

Eu realmente queria voltar para casa, porque precisava jantar cedo, para não perder o encontro com Orrie Cather. Ele tinha aparecido no escritório por volta das cinco da tarde, com um relatório que me pareceu justificar uma interrupção nas atividades de Wolfe na estufa, e resolvi levá-lo para cima. Wolfe resmungou, mas acabou cedendo. O vendedor da Boudet's nunca tinha visto brincos em forma de aranha, de ouro ou outro material, mas dera a Orrie uma lista de nomes de pessoas ligadas a fabricantes, importadores, atacadistas e varejistas, e Orrie saiu atrás delas, uma por uma, procurando a maioria pelo telefone. Lá pelas quatro da tarde ele estava quase pronto para informar que jamais houvera um brinco em forma de aranha em Nova York, quando um comprador de um estabelecimento atacadista sugeriu que ele falasse com a srta. Grummon, encarregada do atendimento aos lojistas.

A srta. Grummon disse que sim, que tinha visto um par de brincos em forma de aranha, e não fazia questão de ver outro. Certo dia, havia poucas semanas — ela não se lembrava do dia exato — caminhando pela rua 46, ela tinha parado para inspecionar uma vitrine, e lá estavam eles, dois brincos de ouro em forma de aranha, enormes, em uma caixa forrada de verde. Ela achou aquilo horroroso, certamente não sugeriria tal desenho para seus empregadores, e ficou surpresa ao vê-los no Julius Gerster, pois a maioria das peças em exibição na sua pequena loja era de muito bom gosto.

Até aí tudo bem. Mas Orrie seguiu direto para a loja de Gerster, e quebrou a cara. Ele disse que havia feito uma abordagem perfeita, dizendo a Gerster que vira os brincos na vitrine e queria comprá-los, mas Gerster se fechou desde o início. Ele não negou ter tido brincos em forma de aranha na loja, mas tampouco admitiu o fato. Sua postura, explicada com um mínimo de palavras, era de que não se recordava da peça e, se estivera na vitrine, ele não se lembrava de como ou quando saíra de lá. A postura de Orrie, explicada para Wolfe e para mim com o máximo de palavras, era de que Gerster era um mentiroso danado, e queria permissão para derramar gasolina nele e tocar fogo.

Sendo assim, Orrie e eu deveríamos fazer uma visita ao sr. Gerster na casa dele, esta noite, sem marcar hora.

Durante o dia aconteceram várias outras coisas, que não vale a pena detalhar — chamados de Saul Panzer e Fred Durkin, que não haviam descoberto nada ainda, e palpites de Lon Cohen. Uma não-ocorrência deve ser citada: nem uma palavra sobre o processo por apropriação indébita prometido por James Albert Maddox. Nosso advogado, Parker, sentia-se desprezado.

Encontrei-me com Orrie às oito horas, na esquina da rua 74 com a Columbus, e caminhamos para o lado leste, para procurar o endereço, próximo ao Central Park Oeste, enfrentando uma garoa monótona que começara no final da tarde. Se os prédios de apartamentos de Nova York fossem divididos em dois tipos, os que possuíam toldo na entrada ou não, este aqui estaria no meio-termo. As barras encontravam-se ali, desde a entrada até o meio-fio, mas não havia lona de cobertura. No saguão dissemos ao zelador — Gerster —, e seguimos para o elevador. O ascensorista disse que ele morava no 11F.

A porta foi aberta por um menino que devia estar cursando a oitava série, mais ou menos da idade e porte de Pete Drossos, porém mais limpo e asseado. No momento em que o vi, abandonei a estratégia escolhida e resolvi adotar outra. Disse a Orrie:

— Obrigado por me acompanhar até aqui. Falo com você mais tarde.

Ele levou mais ou menos um segundo para entender, o que não foi ruim. Disse:

— Não precisa agradecer. — E voltou para o elevador.

O menino me deu boa-noite. Respondi, dizendo meu nome e pedindo que chamasse o sr. Julius Gerster. Ele falou:

— Vou avisar, senhor. Por favor, espere um pouco. — E desapareceu.

Eu não cruzei a soleira. Então surgiu um homem, ajeitando-se antes de falar. Era um pouco mais baixo do que eu, mais velho, com um rosto pequeno e composto, cabelos pretos lisos penteados para trás, tão limpo e asseado quanto o filho — pelo menos eu torcia para que fosse seu filho.

Ele perguntou educado porém frio:

— Deseja falar comigo?

— Gostaria muito, se não fosse incômodo. Meu nome é Goodwin, e trabalho para Nero Wolfe, o detetive. Quero perguntar algo sobre o assassinato de um menino, um garoto de doze anos chamado Peter Drossos.

Sua expressão não se modificou. Como eu descobriria, ela nunca se modificava.

— Eu não sei nada sobre o assassinato de nenhum menino — declarou.

Eu lhe expliquei.

— Sim, o senhor sabe, mas não se deu conta disso ainda. E o que sabe pode ser essencial para a identificação do assassino do menino. O senhor Wolfe pensa assim. Posso entrar por cinco minutos e explicar?

— O senhor é policial?

— Não, senhor. Detetive particular. O menino foi deliberadamente atropelado por um carro. Foi um crime brutal.

Ele deu um passo para o lado.

— Entre.

Entrei e fui levado por um corredor, na direção oposta do local de onde ele viera. Entramos em uma pequena sala com paredes cobertas de livros e pinturas. Havia uma pequena escrivaninha no canto, uma mesa de xadrez perto da janela e duas poltronas estofadas. Indicou uma delas, eu me sentei, e ele se acomodou na outra.

Contei-lhe a história de Pete, resumida, porém suficientemente detalhada para que ele pudesse ter o quadro todo — falei da conversa do menino com Wolfe e comigo, da segunda visita no dia seguinte, poucas horas antes da chegada de Stebbins com a notícia da morte dele, e da visita da sra. Drossos, com o recado e os quatro dólares e trinta centavos. Eu não fiz nenhum drama, só contei a história. Depois ataquei.

— Existem detalhes complicados — disse —, mas não pretendo mencioná-los, a não ser que queira saber de tudo. Por exemplo, a senhora Damon Fromm usava brincos de ouro em forma de aranha quando foi assassinada na sexta-feira à noite. Mas estou pedindo sua ajuda para descobrir quem matou o menino. A polícia não conseguiu nada. Nem o senhor Wolfe. Na opinião dele, a melhor chance de se obter uma pista está nos brincos que, segundo Pete, a mulher estava usando. Não conseguimos encontrar ninguém que tivesse visto alguma mulher com tais brincos, a não ser a senhora Fromm, claro, e o senhor Wolfe resolveu tentar na outra ponta. Ele contratou um homem, chamado Cather, para descobrir quem vendera os brincos em forma de aranha. Na tarde de hoje Cather estava a ponto de concluir que esta pessoa ou firma não existia em Nova York, quando deu sorte. Uma pessoa de confiança, que pode ser convocada se necessário, disse que viu um par destes brincos na sua vitrine, há poucas semanas. Ele foi falar com o senhor, e o senhor disse que não se lembrava de nada.

Fiz uma pausa, para dar a oportunidade de um comentário, mas ele não disse nada espontaneamente. Seu pequeno rosto não exibia nenhum tipo de reação. Prossegui.

— Claro, eu poderia erguer a voz e fazer um escândalo. Dizer que é inacreditável que o senhor tenha vendido uma peça tão exótica em sua loja recentemente e não se recorde de nada a respeito. O senhor poderia dizer que é inacreditável, mas que se trata da pura verdade. Depois eu poderia dizer que sua memória precisaria ser refrescada e, como não tenho um ventilador aqui, precisaria chamar alguém que tem um, como o inspetor Cramer, do Departamento de Homicídios, embora odiasse fazer isso. — Recostei, relaxando. — Então, eu não vou dizer isso. Prefiro colocar as coisas num outro ângulo. O menino foi deliberadamente assassinado por alguém a quem não fez mal algum. Isso aconteceu há cinco dias, e nenhuma pista foi encontrada. Possivelmente o assassino jamais será descoberto, a não ser que se possa achar a mulher que dirigia o carro. Ela usava brincos em forma de aranha, e aparentemente apenas um par destes brincos existia em Nova York. O que estava na sua vitrine, há menos de um mês. Eu pergunto, senhor Gerster, isso ajuda a sua memória?

Ele passou a ponta da língua nos lábios.

— O senhor torna as coisas muito difíceis, senhor Goodwin.

— Eu, não. Quem matou Pete é que torna tudo difícil.

— Claro, sem dúvida. Não sabia nada a respeito. Não leio a página policial no jornal, normalmente. Li alguma coisa sobre a morte da senhora Fromm, incluindo-se aí o detalhe sobre os brincos em forma de aranha usados por ela. Está certo: eram únicos. Um amigo em Paris, que procura itens exóticos para mim, incluiu o par em uma remessa, no final de abril. Foram feitos por Lercari.

— E foram parar na sua vitrine?

— Isso mesmo. Esta tarde, quando aquele sujeito perguntou... qual é o nome dele mesmo?

— Cather.

— Certo. Quando ele perguntou eu preferi não me lembrar. Suspeitei que fosse um investigador da polícia, encarregado da morte da senhora Fromm, e, embora não soubesse por que os brincos eram importantes, tenho aversão profunda a qualquer tipo de notoriedade. Seria muito desagradável ver meu nome em uma manchete de jornal. Ficaria imensamente grato se pudesse evitar qualquer menção a ele, mas não estou exigindo uma promessa. Se meu testemunho público for exigido, será dado. Vendi os brincos na segunda-feira de manhã, dia onze de maio. Uma mulher, passando pela rua, viu os brincos na vitrine, entrou e comprou-os. Ela pagou cento e quarenta dólares, com um cheque. Era a senhora Damon Fromm.

Seria memorável jogar pôquer com aquele sujeito. Perguntei:

— Não tem nenhuma dúvida quanto a isso?

— Nenhuma. O cheque foi assinado por Laura Fromm, e eu a reconheci pelas fotografias publicadas. Eu me senti obrigado a contar isso, senhor Goodwin, depois que me falou na morte daquele menino, embora saiba que não vai ser muito útil, pois a senhora Fromm era a mulher naquele carro, e está morta.

Eu poderia ter dito que a sra. Fromm não era a mulher naquele carro, mas eu havia prometido à minha bisavó que jamais abriria a boca só para mostrar às pessoas o quanto eu sabia, portanto fiquei quieto. Agradeci e disse-lhe que não seria necessário colocar seu nome em evidência. Levantei-me para ir embora. Quando, na porta, estiquei a mão, que ele apertou cortês, vi em seu rosto exatamente a mesma expressão com que me atendera no início.

Orrie encontrou-se comigo no saguão. Esperou até chegarmos à calçada, garoava de novo, para perguntar:

— Ele se abriu?

— Claro, nenhum problema. Ele disse que poderia ter contado tudo para você esta tarde, mas pegou-o enfiando uma pulseira no bolso. A senhora Fromm comprou os brincos no dia onze de maio.

— Droga. E agora, como é que ficamos?

— Não é meu departamento. Wolfe cuida das deduções. Eu só cuido dos assuntos de que você não dá conta.

Acenamos para um táxi no Central Park Oeste, e seguimos para o centro.

Wolfe estava no escritório assistindo à televisão, o que lhe dá um imenso prazer. Já o vi ligar o aparelho até oito vezes numa só noite, olhar para a tela durante um a três minutos e desligá-lo, voltando para seu livro. Em certa ocasião fez um longo discurso sobre o tema, algum dia publicarei o registro. Quando Orrie e eu entramos ele desligou a tevê.

Contei tudo a Wolfe. No final comentei:

— Admito que corri um risco. Se o menino não fosse filho dele, e sim o sobrinho que adoraria estrangular, eu estava danado. Gostaria de sugerir que deixássemos o nome dele de fora, caso seja necessário informar a polícia destes fatos. E Orrie quer saber como é que ficamos.

Ele resmungou.

— Eu também. Saul ligou. Ele pegou alguma coisa, mas ainda não sabe o que é.

— Eu já lhe disse que o vi no escritório da Assaped.

— Sim. Seu nome agora é Leopold Heim, e ele está morando em um hotel barato na Primeira Avenida, o endereço está no meu bloco, aqui. Teve uma rápida conversa com a senhorita Wright, e uma com o assistente dela, o senhor Chaney. Ele foi lá pedir ajuda. Entrou ilegalmente no país, e morre de medo de ser pego e deportado. Eles lhe disseram que não podem participar de uma violação da lei, e o aconselharam a procurar um advogado. Quando disse que não conhecia nenhum advogado, deram-lhe o nome de Dennis Horan. Aquele *haddock* defumado estava salgado demais, sinto sede. Quer uma cerveja, Orrie?

— Sim, obrigado, eu aceito.

— Archie?

— Não, obrigado. A cerveja gosta de mim, mas eu não gosto dela.

Ele apertou um botão na borda da mesa e retomou a conversa.

— Saul foi até o escritório do senhor Horan e relatou suas desventuras. Horan o interrogou longamente, fez muitas anotações e disse que daria uma olhada no caso assim que fosse possível, e que Saul teria notícias dele em breve. Saul voltou para o quarto do hotel e passou a tarde lá. Saiu às seis para comer algo, retornando em seguida. Pouco antes das oito recebeu uma visita, um homem. O sujeito não deu o nome. Disse que acompanhava os problemas de Saul há algum tempo, ficou com pena dele e gostaria de ajudar. Como teria que lidar tanto com a polícia quanto com o FBI, ia sair caro. Ele calculava que o valor total necessário para evitar que Saul fosse preso ou perseguido seria de até dez mil dólares.

Ele puxou a gaveta para pegar o abridor de ouro, que trazia a dedicatória de um ex-cliente, abriu uma das garrafas que Fritz trouxera e serviu a cerveja.

Depois que Fritz abriu a garrafa de Orrie, Wolfe prosseguiu:

— Claro, Saul protestou, desesperado, dizendo que era impossível conseguir tanto dinheiro. O sujeito estava disposto a fazer concessões. Disse que não precisava receber o dinheiro todo de uma vez, parcelas semanais ou mensais seriam aceitáveis; Saul teria vinte e quatro horas para dar um jeito de arrumar a primeira. Qualquer tentativa de desaparecer seria desastrosa. Ele disse que voltaria na mesma hora, amanhã, e foi embora. Saul o seguiu. Tentar tal façanha, seguir uma pessoa naquelas circunstâncias, teria sido loucura, mesmo para os agentes mais bem treinados, e mesmo para Saul eu acredito que possa ter sido perigoso, mas ele conseguiu. Foi atrás dele, até um restaurante na Terceira Avenida, perto da rua 14. O sujeito está no restaurante agora, comendo. Saul telefonou do outro lado da rua, há vinte minutos.

Wolfe tomou um gole de cerveja. Eu tinha planejado, para quando terminasse, um bom copo de bebida, capaz de afastar a lembrança da garoa fria, mas naquelas condições resolvi vetar a idéia. Eu imaginava Saul, e sentia o mesmo que ele, em um buraco qualquer, na chuva, na Terceira Avenida, mantendo os olhos fixos no outro lado da rua, para lá dos pilares do Elevado, pedindo a Deus que seu homem não tivesse telefonado para algum amigo vir buscá-lo de carro. Como se tratava de Saul, ele já tinha chamado um táxi, que esperava mais adiante, mas mesmo assim...

— Posso ir para lá de carro — sugeri — e mandar Orrie ajudar Saul, ficando a postos, no volante. Nós três poderíamos seguir Houdini.

Orrie tomou logo a cerveja, ergueu-se e resmungou:

— Vamos.

— Acho que é melhor assim. — Wolfe franziu o cenho. Homens dispostos, ansiosos mesmo, para sair lá fora e enfrentar o burburinho das ruas, sempre o desconcertavam. De noite então, pior ainda. De noite na chuva era uma extravagância inimaginável. Ele suspirou.

— Podem ir.

O telefone tocou. Ele não se mexeu; então eu mesmo atendi, na minha mesa.

— Residência de Nero Wolfe. Aqui quem fala é Archie Goodwin...

— É o Fred, Archie. Diz para o chefe ouvir isso também.

— Dá para ser rápido?

— Não, vai demorar um pouquinho, e vou precisar de você. Estou quase...

— Espere um instante. — Virei para Orrie: — É o Fred, parece que a coisa pegou fogo. Vá na frente. O melhor lugar para achar um táxi é na Décima Avenida. Se Fred não precisar tanto de mim, encontro vocês mais tarde. Caso contrário, viremse sozinhos.

Wolfe passou o endereço a Orrie, e ele saiu apressado. Wolfe pegou seu telefone.

Eu disse, ao aparelho:

— Tudo bem, Fred, o senhor Wolfe está na linha também.

Wolfe perguntou:

— Onde você está?

— Em uma cabine telefônica de uma drogaria, na Nona Avenida. Na altura da rua 55. Acho que descobri alguma coisa. Fui falar com o sujeito do *Gazette*, o tal que Archie indicou, e ele me deu um monte de informações sobre Matthew Birch. Entre os diversos hábitos pessoais de Birch, escolhi um. Seu ponto principal era uma arapuca na Nona Avenida, chamada Danny's

Bar and Grill, entre as ruas 54 e 55. O sobrenome de Danny é Pincus, e ele banca apostas também. O bar só abriu às onze, e na primeira hora ficou morto; Danny só apareceu à uma. Não fiquei lá direto, entrei e saí, perguntando a todos sobre Birch. Claro, a polícia andou por ali com freqüência, nos últimos dias, e eles provavelmente acharam que eu era mais um da turma, até que finalmente pensei: que se dane. Disse a um grupinho que meu nome era O'Connor, e que andava atrás de Birch porque vieram me dizer que na última terça-feira, no final da tarde, minha mulher tinha sido vista em sua companhia num carro, poucas horas antes de ele ser morto. Um Cadillac cinza-escuro com placa de Connecticut. Eu disse que o carro tinha ficado estacionado na frente do Danny's Bar and Grill.

Wolfe resmungou.

— Você foi muito específico.

— Creio que sim, mas estava jogando uma cartada decisiva, e afinal a idéia era assumir este pressuposto. E acertei na mosca. A maioria não demonstrou o menor interesse, a não ser para dizer que me esquecesse de tudo, mais fácil arrumar outra mulher. Mas depois um deles me puxou para um canto e quis saber umas coisas. Ele era esperto, fiz o melhor que pude. Finalmente falou que tinham me dado um palpite infeliz, mas havia um sujeito que poderia me dar o serviço sobre Birch, melhor do que qualquer outro. Se eu quisesse encontrá-lo, a melhor hora era entre nove e meia e dez da noite, hoje, no Danny's mesmo. Ele se chama Lips Egan.

— Agora são nove e vinte e oito.

— Sei disso. Eu ia entrar lá exatamente às nove e meia, mas comecei a pensar. Já ouviu falar de Lips Egan, Archie?

— Não que eu me lembre.

— Eu já, creio. Acho que ele era capanga de Joe Slocum na beira do cais. Se for mesmo ele, eu blefei alto e o sujeito vai pagar para ver. Talvez você queira estar por perto, mas se não quiser eu posso encarar esta parada.

— Pode encarar esta parada.

— Certo. — Ele não parecia muito entusiasmado.

— Mas espere até eu chegar aí. Em que lado da avenida fica o Danny's?

— Oeste.

— Tudo bem. Estou saindo agora. Vou no sedã. Quando me vir estacionando do outro lado da rua, entre no Danny's e divirta-se. Ficarei no carro até ouvir seus gritos ou alguém jogar seu corpo para fora. Se sair acompanhado, vou segui-los; se sair sozinho, vá em direção ao centro, não pare de andar, e quando eu tiver certeza de que não há perigo eu o pego. Entendeu?

— Sim. O que eu digo para ele?

— Como o senhor Wolfe falou, você foi muito específico. Já que inventou sua história, senhor O'Connor, insista nela. Quem sabe arranja outra esposa.

— Tem outras instruções, senhor Wolfe?

— Não. Prossiga.

Desligamos. Na gaveta, onde eu os mantinha quando voltava para casa, peguei a arma e o coldre, que vesti. Wolfe, sentado, me olhava com ar de desprezo. Atividades físicas e seus preparativos o irritavam, mas na condição de detetive profissional ele reconhecia a necessidade de pôr pessoas — eu, por exemplo — em situações nas quais poderiam levar tiros, facadas, ou acabarem atiradas do alto de um penhasco. Levando-se em consideração seu horror a tais coisas, era uma demonstração de generosidade de sua parte. Peguei um chapéu velho e uma capa no armário do hall e saí.

Depois de apanhar o carro no estacionamento da esquina cruzei a Décima Avenida e segui na direção do centro. A garoa piorou, a névoa estava mais densa, mas as luzes nos postes da Décima Avenida marcavam o caminho. Virando à direita na rua 56, e de novo na Nona Avenida, peguei a pista esquerda e diminuí a marcha. Havia uma drogaria na esquina da 55. Do outro lado da rua, à frente, um néon numa fachada indicava: "Danny's Bar and Grill". Encostei no meio-fio e parei antes de chegar à frente do Danny's; desliguei o motor e abaixei o vidro direito, para poder ver melhor na chuva. Em meio minuto Fred surgiu do outro lado da rua, seguiu para o Danny's e entrou. Meu relógio marcava nove horas e quarenta e nove minutos.

Recostado confortavelmente, eu tinha uma boa visão do Danny's, pela janela aberta, a não ser quando algum carro passava, atrapalhando, mas não havia muitos. Decidi esperar meia hora, até dez e dezenove, antes de atravessar a rua e entrar para ver se Fred continuava intacto, mas não precisei aguardar tanto tempo. O relógio no painel marcava apenas dez horas e dois minutos quando Fred saiu, acompanhado de um homem com metade de sua altura, mais ou menos. O sujeito mantinha a mão direita no bolso, e estava encostado no cotovelo de Fred; assim, por um segundo, pensei tratar-se do velho comboio, mas logo depois Fred saiu andando tranqüilamente pela calçada e o sujeito seguiu em direção ao centro.

Fred parou no meio-fio, sem dar sinal nenhum, e eu fiquei sentado, quieto. O sujeito virou à esquerda na rua 55. Três minutos se passaram, com Fred em pé, e eu sentado. Então um carro saiu da 55, entrou na avenida, parando onde Fred estava. O motorista era o companheiro de Fred, e estava sozinho. Fred entrou no carro, ao lado dele, e partiram.

Com o motor ainda quente, não havia motivo para pressa. Tenho boa visão noturna, e mesmo na garoa eu podia dar a eles uma quadra de vantagem, ainda mais com a Nona Avenida, de mão única e larga, permitindo que eu ficasse na outra pista, fora do alcance do espelho retrovisor. Mas eu mal havia arrolado estes pontos favoráveis quando ele virou à direita e saiu da avenida, seguindo pela rua 47. Fiz um corte em diagonal, na frente de um caminhão de mil toneladas, e também entrei na rua. Ele tinha uma boa vantagem. Na Décima Avenida um sinal vermelho o fez parar, e eu me aproximei. Quando o sinal abriu ele entrou na Décima, em direção ao centro, e eu cheguei na esquina bem a tempo de ver o carro sumir, no meio da quadra, dentro de um estacionamento. Quando passei pela frente ele já havia desaparecido lá dentro. Segui adiante, virei na rua 48, estacionei a meio metro da guia, saí do carro e andei até a avenida.

Na placa se lia: "Estacionamento do Nunn". Era um velho prédio de três andares — nada de especial em nenhum aspecto.

Abriguei-me da chuva sob uma marquise, do outro lado da rua, e estudei o local. A luz lá dentro era fraca, não dava para ver quase nada além da entrada. Nos dois andares superiores não havia luz alguma. A única lâmpada adequada iluminava uma pequena sala à direita da entrada, com duas janelas. Dentro dela havia duas escrivaninhas e cadeiras, mas ninguém à vista. Depois de esperar por dez minutos, sem perceber nenhum sinal de movimento, concluí que aquilo não era normal, e resolvi descobrir o que estava acontecendo.

Depois de ir até a esquina, atravessar a rua e retornar pelo outro lado, parei bem no meio da entrada, para espiar. Ninguém à vista, mas é claro que poderia haver vários pelotões escondidos entre carros e ônibus estacionados lá dentro. Entrei de mansinho, segui pela esquerda, por trás de um caminhão de entregas, parei e fiquei ouvindo. Havia sons débeis de pessoas em movimento, e então, no fundo, alguém começou a assobiar "Oh, what a beautiful mornin' ". Conforme o autor do assobio se aproximava, eu dava a volta pela traseira do caminhão. Ele terminou a canção, mas o som dos seus passos no piso de concreto servia para localizá-lo. Ele se manteve à direita — na esquerda dele — até quase chegar à entrada, e depois a porta se abriu e fechou. Ele havia ido até o escritório.

Eu me movi depressa, silenciosamente, primeiro em direção à parede e depois para o fundo, passando pelo labirinto de veículos. Onde os pára-choques se tocavam eu preferia dar a volta, melhor do que arriscar a chance de um parafuso solto fazer barulho com meu peso. No meio do caminho vi meu alvo, uma escadaria de madeira, no canto, e segui para lá, mas ao me aproximar percebi um objetivo melhor. Havia também degraus que desciam para o porão, e pelo buraco saíam sons de vozes. Uma das vozes pertencia a Fred. Cheguei mais perto e parei no alto da escada, mas não consegui entender a conversa.

Só há um modo de fazer o reconhecimento numa situação dessas, sem expor os pés e pernas antes de os olhos conseguirem uma chance de trabalhar. Deitei-me de lado, com o ombro esquerdo acima do primeiro degrau, e me inclinei suavemente, seguro pela mão direita, até que meus olhos chegassem ao nível do teto do andar inferior, o porão. No começo não vi nada, fora outro labirinto de carros e partes de carros, sumindo na escuridão. Mas, ao virar a cabeça para o outro lado, quase quebrando o pescoço, percebi que as vozes saíam por uma porta, pertencente a uma divisória do que era aparentemente uma sala. A porta estava aberta, mas as pessoas de dentro não conseguiam ver a escada, a não ser saindo para espiar.

Pus-me em pé e desci a escada, sem pressa. A única coisa que se pode fazer em uma escada de madeira é ficar na lateral, jogando o peso do corpo em um degrau de cada vez, pedindo a Deus que tenha sido montada por um bom carpinteiro. Consegui. O piso do porão era de concreto. Eu o percorri, agora silencioso como o silêncio, até chegar ao primeiro carro à direita; passei por trás dele e me esgueirei até o carro seguinte, e até o outro. Ali, agachado no escuro, podia olhar direto para dentro da sala e ouvir as palavras que diziam. Eles estavam sentados em volta de uma mesa de madeira sem toalha no meio da sala, o baixinho na ponta, de frente para mim, e Fred na esquerda, de lado. As mãos de Fred estavam sobre a mesa. As do nanico também, mas ele tinha uma arma apontada. Fiquei pensando como ele conseguiu aquilo, pois Fred não estava paralisado, mas deixei para descobrir depois. Saquei minha arma do coldre, e ela encaixou bem na minha mão. Tendo o carro como apoio, poderia acertá-lo onde quisesse, com poucos centímetros de margem de erro.

Ele falava:

— Chega, eu não sou desses. Tem gente que atira nos outros só porque gosta de apertar o gatilho, mas acaba se metendo em encrenca, mais cedo ou mais tarde. Puxa, eu prefiro não acertar ninguém. Mas eu já o avisei: Lips Egan não gosta de falar com alguém que aponta uma arma para ele, e está mais do que certo nisso. Deve chegar a qualquer momento. Por isso, estou explicando tudo direitinho, e vou tirar a sua arma agora... deixe as mãos quietas... e sei que você é bem grande e pode me quebrar no meio, mas nem pense que sou incapaz de puxar o gatilho. Aqui neste porão a gente podia fazer um estande de tiro, acho até que vou montar um mesmo.

Pelo modo como empunhava a arma, firme e estável, sem apertá-la, ele não passava de um grande mentiroso. Gostava de apertar o gatilho, sim. E a manteve firme e estável enquanto empurrava a cadeira para trás, levantava-se e dava a volta pelas costas de Fred. Tirar a arma de alguém por trás, com a mão esquerda, é um pouco complicado, mas ele fez um serviço rápido e eficiente. Vi Fred ranger os dentes, mas fora isso agüentou tudo como um cavalheiro. O sujeito recuou um passo, olhou para a arma de Fred, balançou a cabeça em sinal de aprovação, guardou-a no bolso lateral, retornou à sua cadeira e sentou-se.

— Você já esteve em Pittsburgh, na Pensilvânia? — ele perguntou.

— Não — Fred disse.

— Conheci um sujeito lá que fazia ele mesmo os cartuchos. Nunca vi nada igual. Ele dizia que sua mistura tinha aquele algo mais, mas era só desculpa. Ele não passava de um maníaco. Se algum dia eu me sentir atraído por uma idéia maluca como essa, vou mudar de ramo e plantar feijão. E não deu outra, uns dois anos depois ouvi dizer que apagaram o tal sujeito em St. Louis, no Missouri. Acho que ele se esqueceu de pôr o algo mais na mistura.

Ele riu. Até então eu não tinha nada contra ele, mas aquela risada era abominável.

— Já foi a St. Louis, no Missouri? — ele perguntou.

— Não — Fred disse.

— Nem eu. Acho que fica no rio Mississippi. Gostaria de conhecer esse rio. Uma vez me disseram que lá existem crocodilos, mas só acredito vendo. Faz uns oito anos eu...

Uma campainha soou — dentro da sala, calculei. Um toque longo, depois dois curtos, seguidos, depois outro longo. O sujeito encostou na parede, mantendo os olhos e a arma voltados para Fred, apertou um botão com o polegar. Pelo que me lembro foi um toque curto, dois longos e um curto. Depois ele contornou a porta e parou; olhou para a escada, na soleira, mantendo, porém, Fred na mira. Em um instante ouvi passadas no andar de cima, e depois surgiram pés na escada, descendo. Abaixei-me bem, atrás do carro. Seria natural, para um recém-chegado, dar uma olhada em torno, e eu não me considerava pronto para entrar na festa.

— Oi, Mort.

— Oi, Lips. Esperava por você.

— Ele está limpo?

— Sim. Tinha um S e W debaixo do braço, como um termômetro.

Fiquei abaixado até que os passos do visitante cruzassem a porta e entrassem na sala, e depois me ergui devagar, até que um olho ficou no nível do vidro da porta do carro. Mort havia dado a volta, retornando à sua posição inicial, e permanecia de pé ao lado da cadeira. Lips Egan parou na frente da mesa, diante de Fred. Ele era robusto, com ombros largos, e completamente cinza, a não ser pela camisa azul — terno cinza, gravata cinza, rosto cinza e um pouco de cabelo cinza misturado ao preto. A ponta do nariz ergueu-se um pouco.

— Seu nome é O'Connor? — ele perguntou.

— Sim — Fred disse.

— Que história é essa entre Matt Birch e a sua mulher?

— Alguém veio me dizer que a viu num carro com ele, na terça-feira à tarde. Desconfiei que ela andava me traindo. Aí ele foi morto, naquela noite mesmo.

— Você o matou?

Fred abanou a cabeça.

— Só ontem me falaram que ela andava com Birch.

— Onde eles foram vistos?

— O carro estava parado na frente do Danny's. Por isso, eu fui até lá.

— Que tipo de carro?

— Um Caddy sedã, cinza-escuro. Placa de Connecticut. Olha, eu só quero saber a verdade sobre a minha mulher. Só quero conferir esta história. Este cara, Mort, disse que você podia me ajudar.

— É, quem sabe. Onde estão as coisas dele, Mort?

— Não peguei nada ainda, Lips. Esperava por você. Só tirei a arma.

— Vamos ver o que ele tem no bolso.

Mort ordenou a Fred:

— De pé, virado contra a parede.

Fred ficou sentado.

— Primeiro — ele disse — meu nome é Durkin, Fred Durkin. Falei que me chamava O'Connor porque não queria usar meu nome verdadeiro, afinal minha mulher podia estar metida nisso.

— Eu já mandei ficar de pé, contra a parede.

Fred moveu-se. Se desse três passos eu precisaria dar a volta pela direita para mantê-lo à vista, e espiar por cima do capô, e não havia razão para correr tal risco. Mort desapareceu também. Ouvi sons abafados, e depois de um momento a voz de Mort: "Fique parado", e ele se tornou visível novamente, trazendo uma série de objetos dos bolsos de Fred, que colocou em cima da mesa. Eram os itens normais carregados por um homem, mas entre eles reconheci o envelope amarelo que continha as fotos entregues a Fred no dia anterior.

Lips Egan, examinando a pilha, concentrou-se no envelope, na carteira e no bloco de anotações. Examinou as fotos com calma. Quando falou, a voz havia mudado bastante.

— O nome dele é Fred Durkin, detetive particular.

— É mesmo? Que filho da mãe!

Poderíamos pensar que Egan havia dito que ele era um traficante de drogas. Depois ordenou:

— Ponha-o de volta na cadeira.

Mort deu a ordem, e Fred voltou à minha visão. Ele se sentou e falou:

— Olha, Egan, um detetive particular tem vida particular também. Eu ouvi dizer que a minha mulher...

— Conta outra. Para quem trabalha?

— Eu estou dizendo, só queria checar...

— Já falei para contar outra. Onde arranjou estas fotos?

— Isso é outro caso. Só trabalho.

— Tem uma foto de Birch. Onde conseguiu?

— Pensei que poderia descobrir alguma coisa sobre a morte daquela mulher, a senhora Fromm, e me dar bem.

— Para quem está trabalhando?

— Para ninguém. Estou falando a verdade, sério. Para mim.

— Mentira. Mort, me dá a arma e arranja um pouco de fio e um alicate.

Mort entregou a arma, foi até uma bancada nos fundos, abriu uma gaveta e voltou com um rolo de fio marrom grosso e um alicate. O alicate, de tamanho médio, tinha algo enrolado na ponta, mas não vi o que era. Ele ficou atrás de Fred.

— Ponha as mãos aqui.

Fred não se moveu.

— Quer apanhar com sua própria arma? Ponha as mãos para trás.

Fred obedeceu. Mort desenrolou um pedaço de fio, cortou-o com uma faca, ajoelhou-se, amarrou os punhos de Fred com competência e atou as pontas do fio na travessa da cadeira, com um nó. Depois pegou o alicate. Não consegui ver o que fez depois, mas nem precisava.

— Está machucando? — ele perguntou.

— Não — Fred disse.

Mort riu.

— Mais cuidado. Vai responder algumas perguntas. Se ficar animado e começar a pular, vai acabar perdendo um dedo, entendeu? Tudo pronto, Lips.

Egan estava sentado do outro lado, com a mão que empunhava a arma sobre o tampo da mesa.

— Para quem está trabalhando, Durkin?

— Já disse, Egan, para mim mesmo. Se me disser se viu minha mulher com Birch, só sim ou não, acabou tudo, pronto.

Fred terminou a frase, mas soltou um pequeno soluço e ficou tenso no meio dela. Suponho que pudesse agüentar aquilo por um bom tempo, talvez dois minutos, e teria sido instrutivo descobrir qual era o nível de resistência de Fred. Mas, se ele saísse dali com um dedo quebrado, Wolfe precisaria pagar a conta do médico, e gosto de defender os interesses de meu empregador. Sendo assim, movi o corpo para a direita, apoiei a arma no capô e dei um tiro na mão de Egan que empunhava a arma. Depois dei a volta pela frente do carro com um pulo, usando todos os músculos que possuía, e corri para a porta.

Eu tinha visto Mort guardar a arma de Fred no bolso esquerdo e, a não ser que ele fosse muito rápido, calculei que teria três segundos, mais ou menos, já que ele estava de joelhos. Mas ele nem tentou se levantar. Quando cheguei à porta, rolou para trás de Fred. Pulei no chão, e vi, ao olhar por baixo do assento da cadeira de Fred, a mão esquerda de Mort saindo do bolso, segurando a arma. Eu estava deitado com a mão estendida para a frente, e a arma apontada. Foi só puxar o gatilho. Depois me levantei novamente, ou melhor, pulei no ar, dando a volta por trás da cadeira de Fred. Mort, ainda de joelhos, tentava alcançar, com a mão direita, o revólver caído a meio metro de distância. Dei-lhe um chute na barriga, esperei que começasse a se contorcer e virei para enfrentar Egan. Ele estava a três metros de distância, no fundo, tentando pegar novamente a arma. Se eu soubesse em que estado esta se encontrava, teria ficado parado, esperando. Como descobri depois, a bala não o atingira. Acertou no tambor do revólver, arrancando-o da mão dele, que o segurava com tanta força que perdera a sensibilidade, e agora ele tentava pegar o revólver e não conseguia. Sem saber disso, eu o ataquei. Joguei-o contra a parede, peguei a arma, ouvi um barulho atrás de mim e virei o corpo.

Fred conseguira, não sei como, se mexer até onde estava sua arma, com cadeira e tudo, pondo os dois pés em cima dela. Mort estava no chão, gemendo.

Ergui-me, ofegante, trêmulo.

— Jesus Maria José — disse Fred.

Eu não conseguia falar. Egan estava sentado, apoiado na parede, esfregando a mão direita com a esquerda. A mão esquerda de Mort sangrava. Ergui-me e ofeguei mais um pouco. Quando parei de tremer enfiei a arma de Mort no bolso, tirei o canivete, aproximei-me de Fred e cortei o fio.

Ele tirou os pés de cima da arma, pegou-a, levantou-se e tentou sorrir para mim.

— Deite-se e tire uma soneca.

— Certo. — Eu estava quase recuperando o fôlego. — Aquele sujeito lá em cima pode ficar curioso, vou até lá para cuidar dele. Mantenha estes dois quietos.

— Pode deixar que eu vou. Você já fez a sua parte.

— Não, quero dar uma espiada por aí. Cuide desses dois.

— Não se preocupe.

Saí da sala, fui até o pé da escada, parei e apurei os ouvidos. Nem um ruído. Arma na mão, alerta, comecei a subir, com cuidado, devagar. Eu duvidava que o encarregado do estacionamento fosse uma grande ameaça, mas ele poderia ter telefonado pedindo ajuda, e além disso Lips Egan podia não ter vindo sozinho. Tendo acabado de provar que era um tremendo herói, perante uma testemunha, eu pretendia continuar vivo para desfrutar da fama. Assim sendo, quando meus olhos chegaram ao nível do piso superior parei novamente para escutar. Nada. Subi, passando para o piso de concreto. A rota que havia usado para descer era tão boa quanto qualquer outra, e eu a segui para superar a seqüência de carros e caminhões. Parando a cada passo para apurar os ouvidos, estava a meio caminho da entrada quando me dei conta de que havia alguém ali, não muito longe de mim, à direita. Isso acontece com freqüência. Pode até ser que se sinta o cheiro, às vezes, mas acho que o aviso chega pelos ouvidos, ou pelos olhos, tão alertas que apenas se sente a presença. Parei e me agachei.

Fiquei ali parado, encostado em um caminhão, olhos e ouvidos em alerta total, por dez horas. Vá lá, dez minutos. Foi a conta. Comecei a me mexer, um pé de cada vez, em direção à traseira do caminhão. Queria espiar pelo fundo. Levou um bom tempo, mas finalmente consegui. Parei, de pé ouvindo e esticando o pescoço além da quina do caminhão. Um homem imóvel, a um metro de distância, olhava direto para mim. Antes que ele pudesse se mexer eu mostrei a cabeça inteira.

— Oi, Saul — sussurrei.

— Oi, Archie — ele sussurrou de volta.

12

Contornei o caminhão.

— Cadê o vigia? — sussurrei.

— Orrie está cuidando dele, nos fundos do escritório. Vai ficar lá, amarrado. Orrie tomará conta da entrada.

Parei de sussurrar.

— Ótimo. Vou sugerir que vocês recebam um aumento. Seguiu Lips Egan até aqui?

— Não sei o nome dele, mas nós o seguimos até aqui. Aí achamos melhor entrar por causa da chuva, e o vigia nos avistou. Tivemos que dar um jeito nele. Então ouvimos dois tiros, e resolvi ver o que estava acontecendo, quando senti o seu cheiro e parei para pensar. Você faz um barulhão quando anda.

— Você também. Nunca vi alguém tão desajeitado. Pode falar alto, se quiser. Egan está no porão, com um amigo, e Fred ficou lá para impedir que eles tentem alguma gracinha.

Não é fácil surpreender Saul, mas desta vez seu queixo caiu.

— Como é?

— Venha ver.

— Como fizeram isso? Radar?

— Sabe, normalmente você me encontra onde sou necessário. Goodwin é assim. Depois eu conto; temos um trabalho a fazer. Vamos conversar com Orrie.

Fui na frente, ele me seguiu. Orrie estava parado, perto da entrada. Ao me ver seus olhos se arregalaram.

— Mas que diabo! Como pode?

— Depois explico. Fred ficou lá embaixo, cuidando de dois caras. Saul e eu vamos descer para jogar baralho. Podemos ter qualquer tipo de visitante aqui, fique de olho. O vigia está bem?

— Saul e eu o deixamos ótimo.

— Muito bem. Nossas vidas estão em suas mãos, portanto não vá dormir. Saul, vamos indo.

Na sala do porão a situação estava controlada por Fred, sentado na cadeira antes ocupada por Mort, de frente para a porta. Mort estava deitado de costas, encostado na parede, do lado esquerdo, com as pernas amarradas, e tinha Egan a seu lado, sentado no chão, encostado na parede, as pernas idem. O aparecimento de Saul, em minha companhia, causou alguma comoção.

— Então foi por isso que você demorou tanto — Fred comentou irritado. — Precisamos de um exército?

Lips Egan resmungou algo.

— Não — expliquei a Fred. — Não mandei chamá-lo. Ele estava lá em cima, chegou aqui seguindo Egan. Orrie está ali também, e nós controlamos o local.

— Essa é boa. Deixe-me ver a arma de Mort.

Eu a peguei no bolso e a entreguei a ele.

— Como pensei. Olhe aqui no tambor. Seu tiro não acertou no Egan. A mão de Mort está meio ruim, mas eu a enrolei com um lenço, e vai agüentar algum tempo. Você quase fez o estômago dele sair pela boca com aquele chute, e eu disse que era melhor ficar um pouco sentado, para voltar tudo ao lugar de novo, mas ele quer descansar.

Aproximei-me de Mort, agachei-me e dei uma olhada. Sua cor não era das melhores, mas os olhos estavam abertos e não vitrificados. Bati delicadamente em sua barriga, e perguntei se doía. Sem gemer, ele me mandou para aquele lugar. Levantei-me, fui até Egan e parei, encarando-o. Saul uniu-se a mim.

— Meu nome é Archie Goodwin — falei. — Trabalho para Nero Wolfe. Meus amigos aqui presentes também. Era isso que queria saber de Fred Durkin, certo? Agora é a nossa vez. Para quem você trabalha?

Ele não respondeu. Nem mesmo teve a delicadeza de olhar para mim, pregou os olhos nos tornozelos. Eu disse a Saul:

— Vou revistar este aqui, você cuida do outro.

E foi o que fizemos. Joguei o resultado da minha coleta em cima da mesa, e Saul fez o mesmo. Não havia nada que valesse a pena nas coisas de Mort, fora uma carteira de motorista em nome de Mortimer Ervin, mas na pilha de Egan encontramos um item que realmente prometia muito — um caderno grosso de espiral, dez por vinte centímetros, mais de cem folhas, e em cada uma delas havia uma dúzia de nomes e endereços. Dei uma folheada no caderno. Havia nomes de todos os tipos, e os endereços eram da área metropolitana. Passei o caderno para Saul; enquanto ele o examinava fui até a bancada com gavetas, o único lugar na sala onde se poderia guardar algo, e verifiquei tudo. Não achei nada de interessante.

Saul me chamou.

— O último nome anotado é Leopold Heim, consta também o endereço.

Dei uma espiada, e era mesmo.

— Muito interessante. Eu não havia notado.

Enfiei o caderno no bolso externo, o que não guardava a arma de Mort, e dei alguns passos na direção de Egan. Ele me olhou, fez cara de mau e voltou a admirar seus tornozelos. Resolvi falar com ele.

— Se tiver mil nomes no caderno, e cada um contribuir com dez mil, serão dez milhões de dólares. Suponho que seja um exagero, mas dê noventa por cento de desconto e ainda assim teremos uma quantia bem razoável. Gostaria de comentar o assunto?

Nenhuma resposta.

— Não temos a noite inteira — falei —, mas devo explicar que, embora eu desaprove a chantagem, especialmente deste tipo, não é nisso que estamos trabalhando. Investigamos um assassinato, melhor dizendo, três assassinatos. Faço perguntas sobre sua jogada só para descobrir um assassino. Por exemplo, Matthew Birch estava nessa com vocês?

Seu queixo se ergueu, e ele deixou escapar, virando-se para Saul:

— Seu vira-lata nojento!

Balancei a cabeça.

— Muito bem, agora já desabafou, e está se sentindo melhor. Birch estava nessa também?

— Não.

— Quem lhe deu a dica de Leopold Heim?

— Ninguém.

— Quanto você leva na transação, e quem fica com o resto?

— Que transação?

Eu dei de ombros.

— Foi você quem pediu, certo? Pegue os braços dele, Saul.

Eu o ergui pelos tornozelos, nós o transportamos para o outro lado da sala, junto a uma parede com uma pequena mesa para o telefone. Ele começou a se contorcer para ficar sentado encostado na parede, mas eu disse a Saul:

— Faça com que fique deitado, até eu ver se o telefone funciona. — Levantei o fone e disquei um número. Depois de dois toques uma voz atendeu:

— Nero Wolfe falando.

— Archie. Só estou testando um telefone.

— Passa da meia-noite. Onde você se meteu, diabo?

— Estamos todos juntos, administrando um estacionamento na Décima Avenida. Temos fregueses esperando, e estou ocupado demais para falar. Saberá de tudo mais tarde.

— Estava indo dormir.

— Claro. Sonhe com os anjos.

Peguei o aparelho, recoloquei o fone no gancho, empurrei a mesinha para longe, pondo o telefone no chão, a meio metro de distância do ombro de Lips Egan, e chamei Fred.

— Traga aquele rolo de fio.

Ele o trouxe, perguntando:

— Vamos fazer a linha cruzada?

— Isso mesmo. Corte um pedaço com mais ou menos três metros.

Enquanto ele cortava o fio, expliquei a Egan:

— Eu não saberia dizer se você já foi apresentado a este sistema ou não. Trata-se de um método científico para estimular as cordas vocais. Se e quando não estiver gostando, fique à vontade, o telefone está aí, bem a seu lado. Pode ligar para a central de polícia, Canal seis-dois mil, ou para a Décima Sexta delegacia, Circle seis-zero-quatro-um-seis, que fica logo aqui perto, mas não tente discar outro número. Se ligar para a polícia, interrompemos a demonstração científica e pode dizer o que quiser a eles, sem interferência. Isso é garantido. Muito bem, Saul, segure os ombros dele. Aqui, Fred.

Fred agachou-se perto dos tornozelos de Egan. Não é complicado, só um pouco perigoso, se o paciente tiver ossos quebradiços. Em primeiro lugar a gente dobra o fio e dá um laço em torno do tornozelo esquerdo. Depois cruza as pernas, a direita por cima da esquerda, e passa a ponta do sapato direito sob o salto do esquerdo, e continua empurrando até ficar do lado direito deste. Para se fazer isso é preciso dobrar os joelhos. Puxe o tornozelo direito até ficar no nível do esquerdo, o máximo possível, passe o fio duplo em torno de ambos, três voltas firmes, dê um nó frouxo e está pronto. Se segurar as pontas soltas do fio e der um puxão para baixo, o paciente provavelmente desmaiará, portanto evite isso. Mesmo uma puxada suave não é uma técnica aconselhável. Simplesmente segure a corda firme, para manter a tensão. Enquanto isso seu colega mantém os ombros do paciente no lugar, embora o controle seja total, mesmo sem a presença de um ajudante. Se duvida, tente.

Tendo Saul nos ombros e Fred nas pontas do fio, puxei uma cadeira, sentei-me e observei o rosto de Egan. Ele tentava permanecer impassível.

— Isso dói mais em você do que em mim. Por isso, quando quiser chamar a polícia, fique à vontade, é só avisar. Se as pernas estiverem muito desconfortáveis, impedindo que disque, cortaremos o fio. Um pouco mais firme, Fred, só um tiquinho. Birch estava com você nesse golpe?

Esperei dez segundos. Seu rosto se contorceu, e ele começou a ofegar.

— Você viu Birch naquele carro, na terça-feira à tarde?

Seus olhos se fecharam, e ele tentava mover os ombros. Mais dez segundos.

— Quanto a Leopold Heim, quem deu a dica?

— Quero ligar para a polícia — ele disse com voz rouca.

— Como quiser. Fred, corte o fio.

Mas, em vez de cortar, Fred soltou o nó, desenrolou o fio e soltou a ponta do sapato esquerdo, até que ficasse novamente sob o salto. Egan começou a movimentar os joelhos, lenta e cuidadosamente.

— Nada de exercícios — avisei-o. — Ligue.

Ele virou de lado, tirou o fone do gancho e começou a discar. Saul e eu ficamos observando. Ele pôs o dedo nos buracos certos. CA 6-2000. Ouvi quando atenderam, e ele perguntou:

— É da polícia? — Depois devolveu o fone ao gancho e disse para mim: — Seu filho da puta, ia deixar mesmo?

— Com certeza. Eu tinha prometido. Antes de começar a estimulá-lo novamente, vamos esclarecer algumas coisas: tem só mais uma chance de chamar a polícia e chega. Poderia ficar me enrolando a noite inteira. Segundo, pode ser mais esperto e falar agora. Se está dando como certo que o caderno com os endereços vai parar na mão da polícia, errou. Vou entregá-lo ao senhor Wolfe, e ele trabalha em um homicídio; não acho que pretenda complicar a vida destas pessoas todas. Não faz o gênero dele. Não posso prometer, mas estou avisando. Muito bem, Fred. Segure firme, Saul.

Desta vez invertemos as pernas, pondo a esquerda por cima da direita, e demos voltas um pouco mais apertadas. Fred segurou as pontas, e eu voltei para a cadeira. A reação foi mais rápida e forte. Em dez segundos seu rosto começou a se contorcer. Mais dez, e a testa e a nuca se encheram de suor. Seu rosto cinzento ficou ainda mais cinzento, os olhos se abriram e começaram a se arregalar. Eu estava a ponto de dizer a Fred que o largasse quando ele soluçou:

— Pare!

— Solte um pouquinho, Fred. Mas fique firme. Birch fazia parte da quadrilha?

— Sim!

— Quem era o chefe?

— Birch. Desamarre o fio!

— Daqui a um minuto. É melhor do que o alicate. Quem é o chefe agora?

— Não sei.

— Conversa. Melhor deixar o fio preso mais um pouco. Viu Birch em um carro, acompanhado por uma mulher, na última terça-feira à tarde?

— Sim, mas não estava estacionado na frente do Danny's.

— Aperte mais um pouquinho, Fred. Onde estava, então?

— Descendo a Décima Primeira Avenida, na altura da rua cinquenta e poucos.

— Um Caddy cinza-escuro, sedã, com placa de Connecticut?

— Sim.

— O carro era de Birch?

— Nunca tinha visto aquele carro antes. Mas Birch trabalhava com uma gangue de ladrões de carros, e o Caddy era roubado, claro. Birch mexia direto com coisas roubadas.

— Sim, claro, agora está morto mesmo, por que não? Quem era a mulher junto com ele?

— Não sei. Eu estava do outro lado da rua e não vi. Tire esse fio daí. Não falo mais nada até você tirar!

Ele ofegava outra vez, e seu rosto ficou mais cinzento, portanto eu disse a Fred para dar um tempo. Quando suas pernas foram soltas, Egan pensou que fosse melhor dobrá-las, depois tentou esticá-las, e acabou decidindo esperar um pouco antes de movê-las.

Prossegui.

— Não reconheceu a mulher?

— Não.

— Poderia identificá-la?

— Acho que não. Eles passaram rápido.

— A que horas foi isso, na terça-feira à tarde?

— Por volta das seis e meia, talvez um pouco mais tarde.

Eu ia aceitar isso, em consignação. Pete Drossos disse que faltavam quinze para as sete quando a mulher no carro pediu-lhe que chamasse a polícia. Quase odiei ter de fazer a pergunta seguinte, por medo de uma resposta errada, o que desqualificaria Egan como testemunha.

— Quem dirigia, Birch?

— Não, a mulher. Fiquei surpreso. Birch não levava jeito de quem aceitava andar com mulher dirigindo.

Quase fiquei com vontade de beijar aquele verme. Eu apostaria vinte contra um que o pressuposto assumido por Wolfe era correto. Tive a idéia de tirar as fotos de Jean Estey, Angela Wright e Claire Horan do envelope de Fred, e perguntar a Egan se a mulher do carro era parecida com uma delas, mas deixei-a de lado. Ele havia dito que não poderia identificá-la, e certamente não faria nada para se complicar mais ainda.

Perguntei-lhe:

— Para quem entregava o dinheiro arrecadado?

— Birch.

— Ele morreu. Para quem, agora?

— Não sei.

— Acho que tiramos o fio cedo demais. Se Leopold Heim lhe pagasse os dez mil dólares, ou uma parcela desse total, o que teria feito com o dinheiro?

— Ficaria com ele até receber ordens.

— Ordens de quem?

— Não sei.

Levantei-me.

— O fio, Fred.

— Espere um pouco — Egan implorou. — Perguntou como eu fiquei sabendo de Leopold Heim. Eu recebo informações de duas maneiras, direto de Birch e por telefone. Uma mulher me liga.

— Que mulher?

— Não sei. Nunca a vi.

— E como sabe que não é uma armadilha? Só pelo som da sua voz?

— Conheço a voz dela, mas temos uma senha.

— E qual é?

Egan apertou os lábios.

— Você não vai mais usar a senha — eu disse. — Pode contá-la para nós.

— A aranha disse à mosca.

— Como?

— A senha é essa. Foi assim que recebi a informação sobre Leopold Heim. Você perguntou para quem eu mandaria o dinheiro, com a morte de Birch. Pensei que ela fosse telefonar e me dizer.

— E por que ela não lhe disse, quando ligou para passar a ficha de Heim?

— Eu perguntei, mas ela falou que depois me avisaria.

— Qual é o nome dela?

— Não sei.

— Para que número liga quando quer falar com ela?

— Nunca ligo para ela. Birch era meu contato. Agora não sei como fazer para localizá-la.

— Mentira. Voltaremos a isso se for preciso estimulá-lo mais. Por que matou Birch?

— Eu não o matei. Não sou assassino.

— Quem matou?

— Não sei.

Sentei-me.

— Como já lhe disse, estou interessado em resolver um homicídio. Podemos virá-lo pelo avesso com a ajuda deste fio, mas isso não ia adiantar nada. Queremos apenas fatos, e fatos possíveis de serem checados. Se você não matou Birch e não sabe quem foi, diga exatamente o que sabe a respeito, e não...

A campainha soou. Pulei da cadeira. Dois toques curtos, um longo, um curto. Eu disse seco:

— Bico fechado!

Saul apertou a palma da mão contra a boca de Egan, e Fred cuidou de Mort. Fui até a parede, procurando o botão que Mort usara, e o apertei. Provavelmente um curto, dois longos e um curto não fosse a resposta certa desta vez, mas era um palpite tão bom quanto qualquer outro. Depois saí da sala, com a arma na mão, parando a três passos do pé da escada. Escutei uma voz lá em cima, fraca, e mais nada. Ouvi passos, primeiro quase inaudíveis, depois barulhentos.

— Archie? — Era a voz de Orrie, lá em cima.

— Sim. Presente.

— Temos companhia.

— Ótimo. Quanto mais gente melhor.

Os passos atingiram o topo da escada e começaram a descer. Vi sapatos de couro bem lustrados, depois calça azul-escura bem passada, um paletó combinando e por cima de tudo o rosto de Dennis Horan. Um rosto muito expressivo. Atrás dele vinha Orrie, com a arma à mostra.

— Oi. Você por aqui? — disse.

Ele não falava, então perguntei a Orrie:

— Como ele veio?

— De carro, sozinho. Entrou guiando, e eu banquei o desligado. Não demonstrei nenhum interesse. Ele olhou para mim, mas não disse nada; foi até o pilar e apertou um botão. Quando a campainha soou pensei que era hora de agir, então mostrei a arma e mandei-o seguir em frente. Quem respondeu ao toque deve ser...

— Tudo bem, fui eu. Já o revistou?

— Não.

Chegando mais perto de Horan, eu o revistei, procurando nos lugares mais prováveis e improváveis também.

— Certo. Volte lá para cima e atenda os fregueses.

Orrie subiu, e eu gritei:

— Saul! Esqueça a mordaça, amarre as pernas dele e venha cá.

Horan tentou entrar na sala. Agarrei-o pelo braço e puxei-o. Ele tentou se safar, mas torci seu braço.

— Não duvide de mim, ou vai precisar chamar a ambulância. Isso é sério — disse-lhe.

— *Muito* sério — ele concordou. Sua voz de tenor precisava de óleo. — Tão sério que será o seu fim, Goodwin.

— Pode ser, mas neste momento dou as ordens, e sou louco. Tome cuidado. — Saul surgiu. — Este é o senhor Saul Panzer. Saul, este é Dennis Horan. Gostaria de convidá-lo para a reunião mais tarde, mas agora preciso telefonar. Leve-o para a parede do fundo. Não o desfigure, a não ser que insista nisso. Ele não está armado.

Segui até a sala, entrei, fechei a porta. Fred estava sentado perto da mesa, massageando o dedo, e os outros dois continuavam como antes. Devolvi a mesinha do telefone a seu lugar, peguei o aparelho e coloquei-o em cima dela. Sentei-me e disquei. Desta vez o telefone precisou tocar várias vezes antes de alguém atender e resmungar algo incompreensível.

— Archie falando. Preciso de instruções.

— Estou dormindo.

— Lave o rosto com água fria.

— Deus do céu. O que houve?

— Como eu havia dito, nós quatro estamos no estacionamento. Pegamos dois sujeitos, que guardamos numa sala do porão. Um deles é um bípede chamado Mortimer Ervin, provavelmente não pode nos ajudar em nada. O outro é conhecido como Lips Egan. Na carteira de motorista consta que o primeiro nome é Lawrence. Trata-se do elemento que visitou Saul no hotel, e foi seguido por Orrie até aqui. Ele é uma gracinha. Tinha um caderno, agora guardado em meu bolso, com mil nomes e endereços de fregueses, e o último nome registrado foi o de Leopold Heim, portanto você pode ir tirando suas conclusões. Nós o estimulamos um pouco, e ele insiste em dizer que Matthew Birch chefiava a quadrilha, mas eu não caí nessa. Acredito que tenha visto Birch naquele Cadillac, na terça-feira à tarde, com uma mulher ao volante. Duvido que não a tenha reconhecido, como sustenta, e não possa identificá-la. Não que...

— Continue a interrogá-lo. Por que me incomoda no meio da noite?

— Porque fomos incomodados também. Dennis Horan chegou de carro, e deu um sinal em código para o pessoal no porão, usando a campainha, e Orrie o pegou e trouxe para baixo. Não pode ouvir nossa conversa, mas os outros dois estão aqui. Quero sua opinião sobre o tipo e intensidade de estímulo possível de ser aplicado a um advogado. Claro, ele veio para falar com Egan, e faz parte da quadrilha, mas não tenho sua confissão por escrito.

— O senhor Horan foi machucado?

— Não, nem encostamos a mão nele.

— Já o interrogou?

— Não, preferi ligar para você antes.

— Isso foi muito adequado. Fique na linha enquanto acordo.

Eu o fiz. Demorou um minuto inteiro, talvez mais, até que sua voz fosse ouvida novamente.

— Como estão distribuídos?

— Fred e eu vigiamos a sala do porão, com Ervin e Egan. Saul cuida de Horan, do lado de fora. E Orrie recebe as visitas, lá em cima.

— Chame o senhor Horan e peça-lhe desculpas.

— Ah, não, tenha dó.

— Eu sei, mas ele é advogado, não podemos permitir que tenha algo contra nós. Por acaso Ervin ou Egan sacaram a arma?

— Os dois. Para Fred. Tomaram o revólver dele e o amarraram em uma cadeira. Quando torciam seus dedos com um alicate eu os interrompi.

— Ótimo. Então pode acusá-los de dois crimes, tentativa de extorsão contra Saul e intimidação com arma de fogo contra Fred. Suas instruções são as seguintes.

Ele me deu as ordens. Algumas eram muito superficiais, pedi-lhe que as detalhasse. Finalmente eu disse que compreendera tudo. No final ele me falou para guardar o caderno de Egan, não mencionar sua existência a ninguém e trancá-lo no cofre assim que chegasse em casa. Desliguei, abri a porta e pedi a Saul que trouxesse Horan para dentro.

O rosto de Horan não estava mais expressivo. Ele aparentemente elaborara uma estratégia, e esta exigia um ar impassível. Acomodou-se na cadeira como um cordeiro, sem demonstrar o menor interesse pelas figuras de Ervin ou Egan, fora uma olhadinha ao entrar.

Dirigi-me a ele.

— Peço licença, senhor Horan, mas preciso dizer uma coisa a estes dois homens. Está ouvindo, Ervin?

— Não.

— Como quiser. Os senhores cometeram crimes, intimidando Fred Durkin com uma arma de fogo carregada, e agressão ao torturá-lo com o alicate. Está ouvindo, Egan?

— Estou ouvindo.

— Eu também fui atacado, com a arma que arranquei de sua mão com um tiro. Além disso, tentaram extorquir Saul Panzer, outro crime. Minha vontade era telefonar para a polícia e pedir que viessem buscar vocês dois, mas trabalho para Nero Wolfe, e é bem possível que ele pense de maneira diferente. Quer fazer algumas perguntas, e vou levar os dois até a casa dele. Se preferem ir para a delegacia, é só dizer, mas não têm outra alternativa. Se tentarem escapar terão uma surpresa, ou talvez não. — Depois falei com o advogado: — Quanto ao senhor, peço que aceite nossas desculpas sinceras, senhor Horan. Estamos sob grande tensão, fomos obrigados a nos defender destes dois elementos, e Orrie Cather foi um tanto precipitado, por assim dizer, assim como eu. Acabei de falar com o senhor Wolfe pelo telefone, e ele me pediu para dizer que lamenta a maneira como seus empregados o trataram. Acho que devo me desculpar por mais uma coisinha... quando o apresentei a Saul Panzer, esqueci-me de que ele compareceu a seu escritório hoje com o nome de Leopold Heim. Isso deve tê-lo confundido. Isso é tudo, a não ser que queira acrescentar algo. Pode sair e tratar da sua vida, e espero que não fique bravo conosco. Espere um momento. Acabo de ter uma idéia. — Falei com Egan. — Queremos ser absolutamente justos, Egan, e acaba de me ocorrer que pode desejar a presença de um advogado quando estiver conversando com o senhor Wolfe, e por coincidência este senhor aqui é advogado. Chama-se Dennis Horan. Não sei se ele aceitaria representá-lo, mas posso perguntar-lhe, se quiser.

Pensei, e ainda penso, que aquele foi um dos grandes momentos de Wolfe, e daria uma semana de salário para não perder a expressão no rosto deles. Egan torceu a cabeça para ver Horan, obviamente para pedir um palpite. Mas Horan também precisava de um palpite. A idéia o pegara de surpresa, e envolvia muitos aspectos. Dizer sim seria arriscado, uma vez que ficaria vinculado a Egan, sem saber o quanto Egan já tinha revelado. Dizer não seria igualmente arriscado, duplamente arriscado, porque Egan poderia pensar que estava sendo traído, e também porque Egan seguiria para uma sessão com Nero Wolfe, e não havia como prever o desenlace. Era importante e complicado demais para responder de pronto, eu me divertia com as piscadas dos longos cílios de Horan, que tentava preservar seu ar inexpressivo enquanto procurava uma saída.

Egan quebrou o silêncio.

— Tenho algum dinheiro comigo, para dar de sinal, senhor Horan. Creio que o dever de um advogado é defender as pessoas em dificuldades.

— Claro que sim, senhor Egan. — O tenor estava rachando. — Mas estou muito ocupado no momento.

— Eu também estou muito ocupado.

— Sem dúvida. Claro. Já que insiste. — Horan endireitou os ombros. — Muito bem, verei o que posso fazer. Precisaremos conversar.

Sorri para ele.

— Qualquer conversa entre os dois terá testemunhas — avisei. — Vamos embora, pessoal. Desamarrem os dois. Fred, traga o alicate como lembrança.

13

Preciso de oito horas e meia de sono, mas prefiro nove. Todas as manhãs, quando o rádio-relógio toca às sete e meia, rolo na cama para fugir do barulho. Mal passa um minuto e rolo novamente, estico o braço para desligá-lo e tento me convencer de que é domingo. Mas sei muito bem que Fritz servirá o café da manhã às oito e dez. Durante dois ou três minutos namoro a idéia de avisar pelo interfone que me atrasarei um pouquinho, depois desisto, arranco as cobertas, ponho o pé no chão e começo a encarar a realidade.

Aquela manhã de terça-feira foi diferente. Eu havia ajustado o despertador para uma hora mais cedo, seis e meia, e, quando tocou, o rádio começou a despejar uma daquelas malditas músicas alegres matinais na minha orelha. Apertei o botão e pus o pé no chão, em uma convulsão desesperada. Passara só duas horas na horizontal. Tomei uma ducha, fiz a barba, penteei e escovei os cabelos, vesti a roupa e desci, entrando na sala da frente.

Não encontrei uma cena alegre. Mortimer Ervin, esticado no tapete, descansava a cabeça numa das almofadas. Lips Egan dormia no sofá. Dennis Horan ocupava uma poltrona estofada, largado porém pouco à vontade. Saul Panzer, em uma poltrona de costas para a janela, mantinha a turma sob vigilância sem precisar forçar a vista.

— Bom dia — eu disse desanimado. — O café da manhã será servido em seguida.

— Isso é inaceitável — Horan guinchou.

— Então não aceite. Já lhe disse pelo menos cinco vezes que tem toda a liberdade de sair. Quanto a eles, olhe só que luxo. Um sofá e um carpete macio onde deitar. Doc Vollmer, que foi tirado da cama às duas da manhã para cuidar da mão de Mort, chegou aqui praticamente na mesma hora. Estamos fazendo o possível. O senhor Wolfe concluiu que vocês poderiam pensar que se aproveitava injustamente de uma posição vantajosa se os interrogasse antes de chamar a polícia, por isso nem saiu do quarto para recebê-los. Ficou isolado lá em cima, na cama, ou andando de um lado para outro, não sei dizer. Na presença de todos, liguei para a Homicídios de Manhattan à uma e quarenta e sete da manhã, vocês ouviram, e disse que o senhor Wolfe tinha algo importante para comunicar pessoalmente ao inspetor Cramer, e agradeceria se este o contatasse assim que fosse possível. No que se refere a seu pedido de ficar sozinho com seu cliente, não poderíamos deixar um bandido como Egan sem vigilância. Cramer teria um ataque. Como vai indo, Saul?

— Bem. Dormi três horas, antes de render Fred às cinco e meia.

— Não parece. Vou providenciar o café da manhã.

Enquanto eu estava na cozinha com Fritz, Fred apareceu, completamente vestido, com uma notícia estonteante. Ele e Orrie descansavam no quarto sul, onde havia duas camas, no mesmo andar que o meu, quando foram acordados pelo som de batidas no teto do quarto abaixo, pertencente a Wolfe. Fred desceu para ver o que era, e Wolfe pediu que Orrie descesse imediatamente. Eu precisaria revirar minhas lembranças à procura de uma ocasião em que Wolfe cuidou de negócios antes de tomar o café da manhã.

Fritz estava às voltas com a preparação do café da manhã para oito pessoas, sem contar o dele, mas Fred e eu cooperamos, pondo a mesa na sala da frente, carregando bandejas e equipamentos. Comemos na cozinha, e estávamos dando fim à nossa cota de *muffins* de milho com presunto grelhado e mel quando Orrie entrou e ordenou a Fritz:

— Esqueça estes malandros e cuide de mim. Preciso sair para uma missão e estou faminto. Archie, providencie quinhentos dólares. Enquanto faz isso pegarei sua cadeira. E me dê também o nome daquela firma onde um monte de gente faz ligações telefônicas por não sei quanto o milheiro.

Ocupei a cadeira até terminar o café da manhã, inclusive a segunda xícara de café, portanto ele precisou se acomodar no banquinho. Depois fiz o que me pediu. Era inútil tentar adivinhar o que faria com os quinhentos dólares, mas, se uma parcela significativa dessa soma fosse utilizada na compra de ligações telefônicas no atacado, eu poderia começar a fazer isso para praticar. Depois do relatório completo transmitido a Wolfe em seu quarto, ele sabia de tudo o que eu sabia, e só. Quem poderia ser o possível alvo de um milheiro de telefonemas? Descartei as mil pessoas do caderno de Egan, pois este se encontrava trancado no cofre — eu o vi quando peguei o dinheiro na gaveta de despesas — e Orrie não o solicitara. Guardei a pergunta em minha mente, para consideração posterior, nas horas vagas, se conseguisse alguma. Não era a primeira vez que Wolfe mandava um dos assistentes realizar uma tarefa sem antes me consultar.

Por volta das oito Fritz já havia descido com a bandeja de Wolfe, e Orrie tinha saído. Fred e eu recolhemos a louça do café da manhã da sala da frente, e estávamos na cozinha ajudando a lavar tudo, quando a campainha tocou. Joguei o pano de prato na mesa e fui atender, e quando vi o inspetor Cramer e o sargento Purley Stebbins à porta não precisei pedir que esperassem enquanto buscava orientação. Já tinha minhas ordens. Sendo assim, depois de garantir com uma olhada que a porta da sala da frente estava fechada, abri a porta da rua e os cumprimentei.

Eles se mantiveram na defensiva.

— Íamos para outro lugar — Cramer despejou. — O que quer me contar?

— Nada. O senhor Wolfe é o contador de histórias hoje. Entrem.

— Não posso ficar esperando por ele.

— Não será preciso. Ele os espera ansioso há seis horas.

Eles entraram e seguiram para o escritório. Quando entrei atrás deles, Cramer resmungou:

— Ele não está aqui.

Ignorei-o, e pedi-lhes que sentassem. Fui até minha mesa e liguei para o quarto de Wolfe pelo interfone, dizendo-lhe quem havia chegado. Cramer tirou um charuto do bolso, rolou-o entre os dedos, inspecionou a ponta como se quisesse descobrir se alguém havia colocado ali algum veneno raro e desconhecido, enfiou o charuto na boca e ferrou os dentes nele. Nunca o vira acender um. Stebbins sentou-se, olhando para mim de lado. Odiava acompanhar seu comandante-em-chefe até ali quando tinha um caso de homicídio fervendo nas mãos, e aposto que ele continuaria odiando isso, mesmo que tivéssemos o assassino à disposição, com todas as provas, amarrado na sala.

Ouvimos o som do elevador descendo, e em um momento Wolfe entrava. Cumprimentou os visitantes sem entusiasmo, cruzou a sala para chegar até sua mesa, e antes de sentar perguntou:

— Por que demoraram tanto? O senhor Goodwin telefonou há mais de seis horas. Minha casa encheu-se de elementos duvidosos, e quero me livrar deles.

— Esqueça isso — Cramer disse ríspido. — Estamos com pressa. Que elementos?

Wolfe sentou-se, acomodando-se calmamente.

— Em primeiro lugar — disse —, tem algum comentário sobre a acusação feita pela senhorita Jean Estey, de que o senhor Goodwin tentou vender um relato da conversa que mantive com a senhora Fromm?

— Não. Isso é problema do promotor distrital. Você está me enrolando.

Wolfe deu de ombros.

— Em segundo lugar, algo sobre os brincos em forma de aranha. A senhora Fromm os adquiriu em uma joalheria do centro, no dia onze de maio, segunda-feira, pela manhã. Como provavelmente já descobriram, não existe outro par igual em toda Nova York, nem nunca existiu.

Stebbins abriu o bloco de anotações. Cramer perguntou:

— Como soube disso?

— Investigando. Ela os viu na vitrine, comprou-os, pagando com cheque. Levou os brincos consigo. Como tem acesso a seus canhotos de cheque, é provável que possa descobrir a loja e verificar a informação, mas não consigo imaginar um modo mais idiota de se desperdiçar o tempo. Garanto este fato e, de acordo com minhas deduções, ele é extremamente significativo.

— De que modo?

— Não. Interprete você mesmo. Eu forneço apenas os fatos. E tenho mais um. Conhece Saul Panzer.

— Sim.

— Ontem ele compareceu ao escritório da Associação de Auxílio às Pessoas Desamparadas, dando o nome de Leopold Heim, morador de um hotel barato na Primeira Avenida, e conversou com a senhorita Angela Wright e também com um homem chamado Chaney. Revelou que vivia neste país, sempre com medo de ser descoberto e deportado, e pediu ajuda. Disseram que tais problemas estavam fora de seu campo de atuação, e o aconselharam a procurar um advogado, fornecendo o nome de Dennis Horan. Ele seguiu o conselho e conversou com o senhor Horan, depois voltou para seu hotel. Pouco antes das oito horas da noite um homem bateu em seu quarto e ofereceu proteção contra denúncia ou perseguição, pedindo o pagamento de dez mil dólares. O senhor Panzer pode dar todos os detalhes. Ele tinha vinte e quatro horas para reunir todo o dinheiro que pudesse. Quando o sujeito saiu, o senhor Panzer foi atrás dele. É especialista nisso.

— Sei que é. E daí?

— Vamos passar para o senhor Goodwin. Antes de prosseguir, devo explicar que tinha um pressuposto quanto ao homem no carro na terça-feira, acompanhando a mulher que pediu ao menino que chamasse a polícia. Presumi que o homem no carro fosse Matthew Birch.

Os olhos de Cramer se arregalaram.

— Por que Birch?

— Não preciso explicar isso porque foi provado. Era Birch. Mais um fato.

— Prove. Esta história precisa ser mais bem explicada.

— Pelo senhor Goodwin. Ele dará os detalhes. Archie, comece pelo telefonema de Fred na noite passada, e os fatos seguintes.

Eu obedeci. Sabendo que aquilo faria parte do espetáculo em algum momento, passara mais de uma hora repassando tudo cuidadosamente, enquanto fazia meu turno de guarda na sala da frente, entre três e meia e quatro e meia, decidindo que apenas dois itens importantes deveriam ser omitidos: o tipo de estímulo aplicado a Lips Egan e o caderno deste. Wolfe dissera, durante nossa conversa no quarto, que se o caderno se revelasse uma prova essencial seria entregue, caso contrário não.

Exceto estes dois detalhes, contei tudo. Stebbins começou a fazer anotações, mas parou na metade. Era demais para ele. Entreguei-lhe a arma de Mort e mostrei o alicate, cuja ponta fora enrolada com fita isolante, para evitar que rompesse a pele e marcasse o corpo. Quando terminei, Cramer e Stebbins ficaram parados, olhando um para o outro.

Cramer voltou-se para Wolfe:

— Isso precisa ser explicado direitinho.

— Sim — Wolfe concordou. — Precisa mesmo.

Cramer voltou-se para Stebbins:

— Conhecemos o tal de Egan?

— Eu não conheço, mas passei a vida inteira na Homicídios.

— Ligue para Rowcliff e diga-lhe que venha depressa para cá.

Ergui-me da cadeira, Purley sentou-se e discou. Enquanto ele telefonava, Cramer ficou sentado, segurando o charuto entre os dedos, cenho franzido, esfregando os lábios com o nó do dedo. Dava a impressão exata de estar tentando se decidir se parava ou não de mascar charutos. Quando Purley terminou e voltou à sua poltrona, Cramer olhou para Wolfe.

— Horan está metido nisso até o pescoço, mas não temos como prendê-lo agora.

— Não o prendi. Ele está acompanhando seu cliente por vontade própria.

— Sim, eu sei. Ponto para você, desta vez. Enrolou Horan direitinho. Se conseguirmos fazer Egan falar temos tudo na mão.

Wolfe abanou a cabeça.

— Não necessariamente o assassino. Possivelmente Egan sabe menos do que você sobre os assassinatos.

Era um comentário venenoso, mas Cramer o ignorou.

— Vamos dar uma chance a ele — declarou. — Muitas chances. Precisamos esclarecer isso. Não está completamente provado que se tratava mesmo de Birch no carro, com a mulher. Suponha que não era ele. Suponha que o homem no carro não passava de um dos pobres-diabos que eles extorquiam. A mulher fazia parte da quadrilha, devia ser a tal que telefonava para Egan passando informações. Pensou que o homem pretendia matá-la, e pediu ao menino que chamasse a polícia. Depois deu um jeito de se livrar, mas naquela mesma noite ele conseguiu pôr as mãos em Birch, que era o chefe da gangue, e o matou. Sabia que o menino poderia identificá-lo, ele pode até ter assassinado a mulher, e seu corpo não ter sido localizado ainda, portanto no dia seguinte matou o menino. Depois, sabendo que a senhora Fromm era a diretora da tal associação, ele a matou também. Meu Deus, está tudo muito vago, tanto o golpe quanto a participação de Horan. Pessoas assim, desesperadas, existem aos milhares em Nova York... gente morrendo de medo de ser denunciada e deportada, vivendo ilegalmente. São vítimas ideais para chantagistas. Deve haver, em algum lugar, uma lista dos coitados que estes miseráveis estavam extorquindo; gostaria de pôr a mão nela. Aposto que o nome do assassino está ali. Você não apostaria também?

— Não.

— Adora ser do contra. Por que não?

— Não raciocinou o suficiente, senhor Cramer. Sua idéia de pegar uma vítima de chantagem mostra que está perdido.

Aconteceram três homicídios. Presumindo que haja um único assassino, para facilitar, diga uma coisa: todos os suspeitos foram eliminados?

— Não.

— Quem já foi descartado?

— Completamente, ninguém. Claro, há complicações. Por exemplo, a senhora Horan declarou que na sexta-feira à noite seu marido retornou ao apartamento dez minutos depois de sair com a senhora Fromm, para acompanhá-la até o carro, foi para a cama e ficou por lá, mas trata-se de uma esposa protegendo o marido. Se está pronto a indicar um candidato, não quero impedi-lo. Tem alguém em mente?

— Sim.

— Tem uma ova. Diga o nome.

— A pergunta era se eu tinha alguém em mente, não se estava pronto a dizer o nome. Talvez diga, dentro de uma hora, ou uma semana. Não sei.

Cramer rosnou.

— Você está se pavoneando, o que não seria novidade nenhuma, ou escondendo algo. Admito que acertou desta vez, descobriu a quadrilha, e Egan, e, graças à sorte, Horan também, e muito obrigado. Tudo bem. Nada disso resolve os assassinatos. O que mais? Se deseja um trato, estou às ordens. Posso contar tudo o que descobrimos, pergunte o que quiser, obviamente, é isso que está querendo, se agir da mesma forma e nos contar tudo o que sabe.

Stebbins fez um barulho, e depois tentou disfarçar.

— Esta — Wolfe disse — em tese é uma proposta justa e direta, mas, na prática, inútil. Porque, em primeiro lugar, já lhes disse tudo o que sei. E, em segundo, vocês não têm nada que eu queira ou precise.

Cramer e Stebbins arregalaram os olhos para ele, surpresos e desconfiados.

— Você já me disse — Wolfe prosseguiu — que ninguém foi eliminado, mais de três dias após a morte da senhora Fromm. Isso para mim basta. A esta altura acumularam dezenas de milhares de palavras em relatórios e depoimentos, e admito a possibilidade de haver, no meio de tudo, soterrado, um fato ou frase que considere interessante, mas, mesmo que empilhem todos eles aqui, não pretendo esmiuçá-los. Por exemplo, quantas páginas reuniram sobre a vida passada e os movimentos recentes da senhorita Angela Wright?

— O suficiente — Cramer resmungou.

— Claro. Não nego o mérito deste procedimento. Estas linhas de investigação muitas vezes conduzem a uma resposta, mas, neste caso específico, elas não levaram a nada, ou não estaria aqui. Será que eu encontraria em seu dossiê a resposta para a seguinte pergunta: por que o homem matou o menino em plena luz do dia, tendo muita gente na rua, correndo o risco de uma identificação posterior por parte de uma ou mais testemunhas? Ou para esta: como explicar o registro das andanças dos brincos, adquiridos pela senhora Fromm no dia onze de maio, usados por outra mulher no dia dezenove de maio, e usados pela senhora Fromm no dia vinte e dois de maio? Descobriu algum traço dos brincos, fora isso? Foram usados por alguém, em algum outro momento?

— Não.

— Sendo assim, providenciei minhas próprias respostas, mas, como não posso fornecê-las sem expor meu suspeito, precisará esperar. Enquanto isso...

Ele parou de falar, porque a porta para o hall se abriu. Ela se moveu até a metade do percurso, apenas o suficiente para que Fred Durkin passasse e fizesse sinal para que eu me aproximasse.

Levantei-me, mas Wolfe perguntou a ele:

— O que foi, Fred?

— Um recado para Archie, da parte de Saul.

— Pode dizer. Estamos compartilhando tudo com o senhor Cramer.

— Sim, senhor. Horan quer conversar. Agora. Urgente.

— Ele sabe que o senhor Cramer e o senhor Stebbins estão aqui?

— Não, senhor.

Wolfe voltou-se para Cramer.

— Este sujeito, Horan, é uma hiena, e ele me irrita. Creio que prefeririam lidar com ele em seu próprio território, e também com os outros dois. Por que não os levam daqui?

Cramer olhou para ele. Tirou o charuto da boca, segurou-o na mão durante meio minuto, e o enfiou novamente entre os dentes.

— Pensei — ele disse, não muito seguro — que já conhecia todos os seus truques, mas este é novo. Confesso que não entendo nada. Você teve Horan e aquele outro advogado, Maddox, na mão, aqui, e os botou para fora. A mesma coisa com Paul Kuffner. Agora Horan e os outros dois estão na sala da sua casa, e nem mesmo quer falar com eles. Mesmo assim, afirma que está atrás do assassino. Conheço-o muito bem, sei que não adianta perguntar por quê, mas vou descobrir, juro. — Ele virou a cabeça para o lado, falando a Fred. — Traga Horan aqui.

Fred, sem se mover, olhou para Wolfe, que soltou um suspiro.

— Está bem, Fred.

14

Por um segundo imaginei que Dennis Horan fosse realmente girar nos calcanhares e sair em disparada. Ele entrou apressado, como alguém que tem um objetivo, parou de repente quando viu que tinha companhia, deu quatro passos à frente, reconheceu Cramer e estacou de novo. Foi quando fiquei com a impressão de que pretendia dar no pé.

— Oh — ele disse. — Não queria interromper.

— Não se incomode — Cramer foi logo dizendo. — Sente-se. Estávamos mesmo falando a seu respeito. Se tem algo a declarar, vá em frente. Já me contaram como veio parar aqui.

Levando-se em conta o clima e as circunstâncias, inclusive a noite que tinha passado, Horan saiu-se muito bem. Ele precisou tomar uma decisão rápida quanto a fazer ou não mudanças em seu plano, em função da inesperada presença dos agentes da lei, e aparentemente resolveu isso enquanto colocava uma poltrona entre Stebbins e Cramer, onde se acomodou.

— Fico contente em encontrá-lo aqui — ele disse.

— Eu também — Cramer retrucou.

— Porque — Horan prosseguiu — deve acreditar que lhe devo desculpas, embora eu não concorde. — A voz de tenor baixou um tom. — Deve pensar que eu deveria ter relatado uma conversa que tive com a senhora Fromm na sexta-feira à tarde.

Cramer o premiou com um olhar implacável.

— Já contou isso para nós.

— Sim, mas não contei a história toda. Precisei tomar uma decisão extremamente difícil e, embora me parecesse correta no momento, agora não estou muito seguro disso. A senhora Fromm me contou algo que poderia prejudicar a imagem da Associação de Auxílio às Pessoas Desamparadas, caso viesse a público. Ela presidia a associação; o que me contava assumia um caráter sigiloso, pois ocupo cargo de conselheiro. Normalmente, claro, um advogado não deveria revelar tais informações, e fui forçado a decidir se neste caso o interesse público deveria ou não prevalecer. Resolvi que a associação tinha o direito legítimo de confiar em minha discrição.

— Creio que no depoimento não consta nenhuma indicação de que ocultava algo.

— Suponho que esteja certo — Horan cedeu. — É possível que eu tenha declarado que todas as conversas daquele dia haviam sido relatadas, mas vocês entendem como são estas coisas. — Ele achou melhor sorrir, depois resolveu que não. — Tomei uma decisão, e pronto. Agora creio que estava errado. Pelo menos pretendo reparar isso. Depois do jantar, naquela noite, a senhora Fromm me chamou de lado e contou algo que me chocou muito. Ela disse ter recebido informações de que alguém ligado à associação estava passando os nomes de imigrantes ilegais para um chantagista, ou uma quadrilha de chantagistas, e que estas pessoas sofriam perseguições. O líder da gangue era um sujeito chamado Matthew Birch, assassinado na terça-feira à noite. Um sujeito conhecido como Egan estaria envolvido, e...

— Você não é o advogado de Egan? — Cramer perguntou.

— Não. Isso foi um engano. Agi por impulso. Pensei melhor no caso, e já o avisei de que não posso representá-lo. A senhora Fromm também me disse onde os chantagistas costumavam se reunir, no porão de um estacionamento na Décima Avenida... e me deu o nome e endereço. Ela pediu que eu fosse até lá na sexta-feira à meia-noite. Falou que eu encontraria uma campainha no segundo pilar à esquerda, e revelou o sinal combinado: dois toques curtos, um longo e um curto. Eles se reuniam no porão, ao qual se tinha acesso pela escada dos fundos.

Deixou por minha conta os procedimentos a adotar contra as pessoas que eu pudesse encontrar no local, mas insistiu que o principal era impedir qualquer escândalo capaz de prejudicar a associação. Ela era assim mesmo. Sempre pensando nos outros, nunca em si mesma!

Ele fez uma pausa, claro, visivelmente emocionado. Cramer perguntou:

— E você foi?

— Sabe que não, inspetor. Conforme minha esposa e eu contamos à polícia, depois que acompanhei a senhora Fromm até o carro, voltei para meu apartamento e fui dormir. Eu havia dito à senhora Fromm que ia pensar no assunto. Provavelmente teria ido na noite seguinte, sábado, mas recebi, pela manhã, a notícia da morte da senhora Fromm, e aquele choque terrível... — Horan precisou parar novamente. Ele prosseguiu. — Francamente, esperava que descobrissem o assassino, e torcia para não haver ligação dos crimes com os assuntos da associação. Sendo assim, não revelei o teor desta conversa. Mas chegou o domingo, e a segunda-feira, e comecei a pensar que poderia ter cometido um erro. Na noite passada decidi fazer uma tentativa. Por volta da meia-noite fui de carro até o estacionamento, entrei e encontrei a campainha no segundo pilar. Eu a pressionei, dando o sinal, segundo as instruções da senhora Fromm, e recebi a resposta. Quando me dirigi para a parte dos fundos um sujeito, escondido ali perto, sacou a arma e ordenou que eu seguisse em frente. Obedeci. Ele me obrigou a ir até a escada e a descer. Ao pé da escada encontrei outro elemento armado, que reconheci, Archie Goodwin. — Ele fez um movimento de cabeça em minha direção. Ignorei-o. Ele prosseguiu: — Já o tinha visto no sábado à noite, neste escritório. Embora não temesse mais por minha segurança, estava abalado por ter armas apontadas em minha direção, naturalmente, e protestei. Goodwin convocou outro sujeito, que se encontrava dentro de uma sala, também armado, e eu fui encostado na parede e mantido ali. Eu tinha visto o outro homem anteriormente. Ele compareceu a meu escritório ontem de manhã, deu o nome de Leopold Heim e...

— Eu sei — interrompeu-o Cramer. — Termine a parte do estacionamento.

— Como quiser, inspetor, claro. Não demorou muito e Goodwin ordenou que este homem me levasse para dentro da sala, chamando-o de Saul. Havia outros três homens lá dentro, um deles obviamente companheiro de Goodwin, e os outros dois deitados no chão, com as pernas amarradas na altura dos tornozelos. Goodwin disse que telefonara a Nero Wolfe, e desculpou-se comigo. Depois de ter conversado rapidamente com os dois homens deitados, dizendo que haviam cometido crimes e que os levaria a Wolfe para interrogatório, ele avisou um dos elementos, o tal de Egan, de que eu era advogado e poderia representá-lo. Quando o sujeito me fez o pedido eu aceitei, e devo confessar que estava aturdido e julguei mal. Explico minha atitude, embora não peça que a compreendam, pelo fato de que não tinha controle total de minhas faculdades. Havia sido ameaçado por dois homens armados, e além disso condeno Goodwin por transportar arbitrariamente estes homens para a casa de seu patrão, quando o procedimento correto teria sido notificar as autoridades. Concordei em acompanhá-los, e permaneci detido aqui a noite inteira....

— Não — contestei. — Correção. Não ficou detido. Disse-lhe, em várias oportunidades, que poderia ir embora quando quisesse.

— *Eles* ficaram detidos, e eu fiquei por causa do compromisso que assumira inadvertidamente. Admito que errei, e lamento isso. Levando em consideração os últimos desdobramentos, concluí com relutância que a morte da senhora Fromm pode, afinal de contas, ter alguma ligação com os assuntos da associação, ou com um de seus funcionários, e neste caso meu dever é óbvio. Cumpro-o agora, com franqueza, sendo honesto, contando tudo. Espero que isso seja útil. — Tirou o lenço e enxugou a testa, o rosto e o pescoço, até a nuca. — Não tive oportunidade de me lavar esta manhã — disse desculpando-se.

Era uma mentira descarada. Havia um banheiro totalmente equipado com portas que davam tanto para a sala da frente quanto para o escritório, e ele o conhecia. Se, antes de resolver ser franco, honesto e útil, ele preferira não tirar os olhos de cima de Egan nem o tempo suficiente para lavar o rosto, isso era problema dele.

Os olhos de Cramer continuavam implacáveis.

— Sempre agradecemos qualquer ajuda, senhor Horan — ele disse sem aparentar gratidão nenhuma. — Mesmo quando chega meio tarde demais. Quem ouviu sua conversa com a senhora Fromm?

— Ninguém. Como eu disse, ela me puxou de lado.

— Comentou isso com alguém?

— Não. Ela me pediu que mantivesse segredo.

— Diga o nome dos envolvidos, em sua opinião.

— Já disse, Matthew Birch, e um homem chamado Egan.

— Não. Estou falando das pessoas ligadas à associação.

— Ela não disse. Minha impressão era de que ela não suspeitava de ninguém em particular.

— Onde ela obteve tantas informações?

— Não sei. Ela não me contou.

— É duro acreditar nisso. — Cramer tentava se controlar. — Ela descobriu uma porção de detalhes: os nomes de Birch e Egan, o nome e endereço do estacionamento, e até mesmo a campainha no pilar e a senha. Ela não disse como descobriu tanta coisa?

— Não.

— Perguntou a ela?

— Certamente. Ela falou que não podia contar, pois prometera não revelar sua fonte.

Nossos quatro pares de olhos mantinham-se fixos nele. Ele focou Cramer com os seus, as pálpebras vermelhas inchadas e os longos cílios. Todos nós, inclusive ele, compreendíamos a situação perfeitamente. Sabíamos que era um mentiroso descarado, e ele sabia que nós sabíamos. Ele se afundou até o pescoço, e estava tentando sair do buraco. Precisava arranjar uma explicação qualquer para sua ida à garagem, e especialmente para o botão e o sinal que conhecia, e no geral não se saiu tão mal assim. Como a sra. Fromm estava morta, poderia colocar as palavras que desejasse em sua boca e, como Birch também morrera, não havia risco algum em denunciá-lo. Seu problema seria Egan. Não podia ignorá-lo, uma vez que se encontrava bem ali, na sala ao lado. E não poderia se ligar a ele, uma vez que servir de advogado para um chantagista cujo golpe fora descoberto — e isso prejudicava a associação, da qual Horan era conselheiro — estava fora de cogitação. Por isso, Egan seria atirado às feras. Era o que eu via, da minha poltrona. Conhecendo os outros três tão bem como eu conhecia e estudando os rostos que olhavam para Horan, eu sabia que eles achavam a mesma coisa.

Cramer voltou-se para Wolfe, com as sobrancelhas erguidas, inquisidor. Wolfe abanou a cabeça.

Cramer falou.

— Purley, traga Egan.

Purley ergueu-se e saiu. Horan acomodou-se melhor na poltrona, firmando-se mais um pouco, endireitando as costas. Aquilo ia ser dureza, mas ele o havia procurado.

— Sabe muito bem — ele disse a Cramer — que este elemento é um criminoso desprezível, e encontra-se em situação desesperadora. Praticamente ninguém lhe daria crédito como testemunha.

— Sim — Cramer disse, sem se dar ao trabalho de comentar a observação. — Goodwin, que tal uma poltrona para ele aí a seu lado, virada para cá?

Eu o atendi. Isso colocaria Stebbins entre Egan e Horan. Também daria a Wolfe o perfil de Egan, mas, como ele não fez objeções, coloquei a poltrona no lugar indicado. Quanto terminei, Stebbins retornou com Egan. — Por aqui — ele falou indicando o caminho a Egan.

Sentado, o criminoso desprezível encarou Dennis Horan, mas seus olhos não se encontraram. Horan observava Cramer.

— Você é Lawrence Egan — Cramer falou —, conhecido como Lips Egan?

— Sou eu mesmo. — A voz saiu rouca, e Egan limpou a garganta.

— Sou inspetor da polícia. Este aqui é Nero Wolfe. Em pouco tempo teremos sua ficha. Tem antecedentes criminais?

Egan hesitou, depois escarneceu:

— A ficha dirá tudo, não é?

— Sim, mas estou perguntando a você.

— Melhor olhar na ficha. Talvez eu tenha esquecido.

Cramer deixou passar.

— Aquele senhor ali, a seu lado, Archie Goodwin, contou tudo o que aconteceu ontem, desde a hora em que visitou um homem num hotel na Primeira Avenida, imaginava que o nome dele fosse Leopold Heim, até ser trazido para cá. Vamos repassar tudo isso depois, primeiro quero explicar o que temos aqui. Pode estar pensando que tem um advogado presente para proteger seus interesses, mas não é verdade. O senhor Horan disse que já o avisou de que não pretende representá-lo agora, e não tem a menor intenção de fazer isso no futuro. Ele já o avisou?

— Sim.

— Não resmungue. Fale alto. Ele já o avisou?

— Sim!

— Quando?

— Há cerca de meia hora.

— Então tem consciência de não estar sendo assistido por um advogado agora. Há duas acusações, ataque com arma de fogo e tentativa de extorsão. No primeiro caso temos duas testemunhas, Fred Durkin e Archie Goodwin, portanto está encerrado. No segundo pode pensar que há apenas uma testemunha, Saul Panzer, aliás, Leopold Heim, mas engana-se. Temos agora uma corroboração. O senhor Horan nos contou que uma pessoa lhe disse, na sexta-feira passada à noite, que você estava envolvido num golpe de chantagem, incluindo-se aí a extorsão de dinheiro de pessoas que entraram ilegalmente no país. Ele disse que sua disposição de defendê-lo foi resultado de um impulso, e que agora se arrependeu. Ele disse que não vai defender um criminoso desprezível como você. Ele...

— Não foi isso que eu disse! — Horan guinchou. — Eu só falei...

— Cale a boca! — berrou Cramer. — Mais uma interrupção e sairá daqui. Você não disse que foi avisado sobre a participação de Egan na chantagem? Sim ou não?

— Sim.

— Disse que não queria mais representá-lo?

— Sim.

— Chamou-o de criminoso desprezível?

— Sim.

— Então cale a boca, se pretende continuar aqui. — Cramer dirigiu-se a Egan. — Achei que você tinha o direito de saber o que o senhor Horan andou falando, mas não vamos precisar disso para acusá-lo de extorsão. Leopold Heim não foi o primeiro, e acho que podemos encontrar alguns dos outros. Isso não me preocupa. Quero fazer uma pergunta, na presença do senhor Horan. Já o conhecia, antes desta noite?

Egan estava mordendo a língua, ou, de qualquer modo, estava mordendo alguma coisa. Um pouco de saliva escorreu pelo canto da boca, e ele a limpou com as costas da mão. Com a mandíbula ainda em movimento, entrelaçou os dedos, apertando-os com força. Comia o pão que o diabo amassou.

— E então? — perguntou Cramer.

— Preciso de um tempo para pensar — Egan grasnou.

— Pense direito. Não se iluda. Pegamos você de jeito, por agressão com arma de fogo e extorsão. A pergunta é simples: já tinha visto o senhor Horan antes da noite passada?

— Sim. Acho que sim. Vamos fazer um trato?

— Não. Nada de trato. Se o promotor e o juiz quiserem mostrar reconhecimento por sua cooperação, isso é problema deles. Sempre fazem isso, sabe como é.

— Sim, eu sei.

— Então responda a pergunta.

Egan tomou fôlego.

— Tem toda a razão. Eu já o vi antes. Muitas vezes. Dúzias de vezes. — Ele olhou para Horan de viés. — Não é, meu irmão? Patife desgraçado, você vai ver agora o que é bom para a tosse.

— Mentira — Horan disse calmamente enfrentando o olhar hostil. Dirigiu-se a Cramer: — Procurou por isso, inspetor. Conduziu o homem a esta atitude.

— Então — Cramer retrucou — vou conduzi-lo um pouco mais adiante. Qual é o primeiro nome do senhor Horan?

— Dennis.

— Onde fica seu escritório de advocacia?

— Na rua 41 Leste, número cento e vinte e um.

— Onde ele mora?

— Em Gramercy Park, número trezentos e quinze.

— Tem carro?

— Um Chrysler sedã 51.

— De que cor?

— Preto.

— Qual é o telefone de seu escritório?

— Ridgway três, quatro-um-quatro-um.

— E o número da casa dele?

— Palace oito, seis-três-zero-sete.

Cramer dirigiu-se a mim:

— Alguma chance de este sujeito ter conseguido estas informações durante a noite?

— Nenhuma. Nem um único detalhe.

— Ótimo. Isso basta por enquanto. Senhor Horan, considere-se detido como testemunha de um homicídio. Purley, leve-o para a outra sala. Quem está lá?

— Durkin e Panzer, tomando conta de Ervin.

— Diga a eles para cuidar de Horan também e volte.

Horan ergueu-se. Manteve a calma e a dignidade.

— Estou avisando, inspetor, vai se arrepender desta arbitrariedade.

— É o que veremos, senhor Horan. Leve-o, Purley.

Os dois saíram da sala, Purley na retaguarda. Cramer ergueu-se e avançou em direção ao meu cesto de lixo, jogou os restos do charuto lá dentro e voltou para a poltrona de couro vermelho. Começou a dizer algo para Wolfe, notou que este estava reclinado, de olhos fechados, e desistiu. Preferiu me perguntar se suas palavras podiam ser ouvidas na sala ao lado, e eu disse que não; as paredes eram à prova de som. Purley retornou e sentou-se.

Cramer falou com Egan.

— Muito bem, pode falar. Horan fazia parte da quadrilha?

— Quero fazer um acordo — insistiu Egan, teimoso.

— Pelo amor de Deus — Cramer disse revoltado. — Você está completamente ferrado. Se eu tivesse um bolso cheio de acordos, não desperdiçaria nenhum deles com você. Se quer uma chance, faça por merecê-la, e rápido. Horan é da quadrilha?

— Sim.

— Qual é a participação dele?

— Ele me diz como fazer as coisas, como lidar com as pessoas que escolhemos. Diabo, ele é advogado. De vez em quando me dá uns nomes. No caso de Leopold Heim, foi ele que me deu a dica, o desgraçado.

— Entrega o dinheiro a ele?

— Não.

— Nunca?

— Não, ele pega a parte dele com Birch. Pegava.

— Como sabe disso?

— Birch me contou.

— Como você entrou para o bando?

— Birch. Ele me convidou, há cerca de dois anos, e eu topei. Três ou quatro meses depois tivemos problemas com um cara no Brooklyn, e Birch marcou um encontro entre um advogado e eu, no estacionamento, para dar um jeito na história. O advogado era Horan. Foi quando eu o conheci. Desde aquela época eu o encontro sempre, já estivemos juntos umas vinte vezes.

— Sempre no estacionamento?

— Sim, sempre. Nunca o encontrei em outro lugar, mas já conversamos pelo telefone.

— Tem algum papel de Horan, algum recado escrito por ele? Qualquer coisa que tenha enviado ou dado a você?

— Não.

— Nada mesmo?

— Já disse que não. Ele é um filho da mãe.

— Alguém mais esteve presente nas suas reuniões com Horan?

— Claro, Birch muitas vezes ia junto.

— Ele morreu. Mais alguém?

Egan precisou pensar.

— Não.

— Nunca?

— Pelo menos no porão com a gente, não. O vigia noturno do estacionamento, Bud Haskins, o via chegar, sempre, é claro. — Os olhos de Egan brilharam. — Claro, Bud o via sempre!

— Sem dúvida. — Cramer não ficou impressionado. — Horan está pronto para isso, ou acha que está. Vai dizer que é a palavra de um advogado respeitado contra a palavra de um criminoso desprezível apoiado por um comparsa, que só pode ter sido instruído. Eu não estou dizendo que Haskins não vá ajudar. Vamos usá-lo, e... aonde vai?

Wolfe havia afastado a poltrona, levantado e dado um passo. Ele olhou para baixo, para Cramer.

— Para cima. São nove horas. — Ele passou entre a escrivaninha e Cramer, e saiu.

Cramer protestou.

— Você... simplesmente vai embora bem quando...

— Quando o quê? — Wolfe virou-se antes de chegar à porta. — Você encurralou este pobre coitado, e pretende arrancar dele algo que comprometa o outro pobre coitado, aquele infeliz do Horan, desempenhando o papel mais desprezível que já vi. Admito que seja necessário, na verdade é até admirável, mas já contribuí com a minha parte e você não precisa de mim para nada. Não cuido de chantagistas. Meu negócio é achar um assassino. Conhece meus hábitos; estarei disponível às onze horas. Gostaria que retirasse estas criaturas miseráveis de minha residência. Pode lidar com eles em outro lugar, com a mesma eficiência.

— Claro que sim. — Cramer ergueu-se da poltrona. — Vou levar seus homens junto comigo, todos os quatro, Goodwin, Panzer, Durkin e Cather, e não sei quando serão liberados.

— Pode levar apenas três. O senhor Cather não está aqui no momento.

— Quero falar com ele. Onde está?

— Não se encontra disponível. Saiu para fazer um serviço. Já não chega o que lhe dei esta manhã? Archie, lembra-se para onde foi Orrie?

— Não, senhor. Não faço a menor idéia.

— Ótimo. Nem tente. — Ele se virou e saiu.

15

Nunca vi tanta autoridade num mesmo dia como no decorrer daquelas oito horas, das nove da manhã às cinco da tarde, terça-feira, uma semana depois do dia em que Pete Drossos bateu à nossa porta para consultar Wolfe sobre seu caso. No recinto da Décima Delegacia encontrava-se o comissário de polícia adjunto Neary. No número 240 da rua Centre encontrei o comissário Skinner em pessoa. No número 155 da rua Leonard falei com o próprio promotor distrital Bowen, rodeado por três assistentes, Mandelbaum entre eles.

Não deixei que a fama me subisse à cabeça por saber que eles não estavam só fascinados por minha personalidade cativante. Para começo de conversa, o assassinato da senhora Damon Fromm, estando ligado a dois outros homicídios, ainda valia, quatro dias depois, alguns barris de tinta por dia, isso sem falar nas transmissões radiofônicas. Em segundo lugar, as disputas preliminares para uma eleição majoritária haviam começado. Bowen, Skinner e Neary estavam todos limpando o peixe que seria frito naquela panela. Um assassinato realmente importante oferecia possibilidades incríveis para um sujeito tão devotado ao serviço público a ponto de ele se dispor a aceitar uma carga adicional de responsabilidades, em um território mais promissor.

Na Homicídios de Manhattan Oeste, na Décima Delegacia, fomos separados, mas tudo bem. Os únicos itens não mencionados por ninguém eram o estímulo aplicado a Egan e seu caderno com os nomes. Saul e Fred sabiam como se comportar. Passei uma hora numa salinha, com uma estenógrafa, ditando meu depoimento, que li e assinei, e depois fui levado para o escritório de Cramer, para uma sessão com o comissário adjunto Neary. Nem Cramer nem Stebbins estavam ali. Neary mostrou-se ríspido porém cortês. Sua atitude deixava implícito que, se ficássemos a sós por quarenta minutos, tudo seria resolvido, mas o problema foi que, menos de vinte minutos depois, ele recebeu um telefonema e precisou me liberar. Fui escoltado pelo corredor, e escada abaixo, até um carro, onde funcionários públicos me aguardavam. Sujeitos que eu mal conhecia de vista, e outros que nunca vira na vida, faziam questão de me cumprimentar. Aparentemente a impressão reinante era de que minha foto sairia no jornal e, quem sabe, talvez eu fosse escolhido para me candidatar a prefeito. Respondi aos cumprimentos com o espírito de quem aprecia a intenção de quem os faz mas está ocupado demais para parar.

Na rua Leonard o próprio Bowen, promotor distrital, tinha sobre a mesa uma cópia de meu depoimento, e durante nossa conversa ele me interrompia com freqüência, citando o depoimento, procurando o trecho escolhido e franzindo as sobrancelhas, balançando a cabeça para mim como se dissesse: "É, afinal de contas talvez você não esteja mentindo". Ele não me elogiou por pegar Ervin e Egan, nem por armar a arapuca para pegar Horan. Pelo contrário, deu a entender que levá-los para a casa de Wolfe, em vez de convidar a polícia a comparecer ao estacionamento, merecia cinco anos de cadeia, caso ele tivesse tempo para cuidar disso. Eu o conhecia muito bem, deixei passar tudo e tentei não aborrecê-lo. O pobre coitado já tinha o suficiente com que se preocupar naquele dia, não precisava de mim. Seu final de semana seguramente fora arruinado, seus olhos estavam vermelhos por falta de sono, o telefone não parava de tocar, os assistentes entravam e saíam, um jornal matutino o colocara em quarto lugar numa lista de candidatos a candidato a prefeito. Além disso tudo, o FBI começaria a meter o bedelho no caso Fromm-Birch-Drossos, em função da quadrilha desmascarada por Saul, Fred e eu, com a dolorosa possibilidade de o FBI pegar o assassino. Sendo assim, não admirava que o promotor distrital não me tivesse convidado para o lanche.

Na verdade, ninguém o fez. Ao que parece não ocorreu a ninguém que eu pudesse comer. Havia tomado café da manhã muito cedo. Quando a sessão com Bowen se encerrou, pouco depois do meio-dia, lembrei-me de um restaurante na esquina, especializado em chucrute e joelho de porco, mas Mandelbaum disse que queria me perguntar uma coisa, e me puxou para sua sala, no fim do corredor. Ele se acomodou atrás da escrivaninha e me convidou a sentar, e começou.

— Quanto àquela oferta que fez ontem à senhorita Estey...

— Meu Deus. Essa história de novo?

— Parece diferente agora. Meu colega Roy Bonino está na casa de Wolfe agora, investigando a questão. Vamos deixar de palhaçada e assumir que Wolfe o mandou fazer a proposta. Você mesmo disse que não havia nada de ilegal nisso. Então, por que não?

Eu estava faminto.

— Tudo bem, vamos supor isso. O que é que tem?

— O pressuposto é que Wolfe sabia tudo a respeito da chantagem, antes de enviá-lo para fazer a oferta. Calculou que a senhorita Estey estaria vitalmente interessada em saber se a senhora Fromm havia contado isso a Wolfe. Não espero que admita nada; vamos ver o que Wolfe diz a Bonino. Mas quero saber qual foi a reação da senhorita Estey... exatamente o que disse.

Abanei a cabeça.

— Eu daria uma impressão errônea se discutisse o assunto nestas bases. Deixe que eu sugira outra base.

— Vá em frente.

— Digamos que o senhor Wolfe não sabia nada sobre o golpe, mas só estava querendo deixar o pessoal inquieto. Digamos que ele não escolheu a senhorita Estey, ela era apenas a primeira da lista. Digamos que eu tenha feito a proposta não só para ela, mas também para a senhora Horan, Angela Wright e Vincent Lipscomb, e que teria prosseguido, caso o senhor Wolfe não tivesse me chamado de volta porque Paul Kuffner se encontrava no escritório, me acusando de perturbar a senhorita Wright. Esta não seria uma base mais interessante?

— Claro que sim. Ora, ora. Já entendi. Neste caso, quero saber o que todos eles disseram. Comece pela senhorita Estey.

— Precisarei imaginar tudo.

— Claro, você é ótimo nisso. Prossiga.

E lá se foi mais de metade de outra hora. Quando terminei de imaginar tudo, inclusive respostas e várias perguntas brilhantes, Mandelbaum levantou-se e saiu, pedindo que eu esperasse ali. Disse que precisava comer algo, mas ele falou que não, queria que eu ficasse à mão. Concordei em esperar, e lá se foram mais vinte minutos. Quando finalmente retornou, ele disse que Bowen queria me ver outra vez. Eu deveria voltar à sala dele, por favor. Mandelbaum tinha outros afazeres.

Quando entrei na sala de Bowen não havia ninguém. Esperei mais. Estava sentado havia algum tempo, pensando em joelhos de porco, quando a porta se abriu para dar passagem a um jovem com uma bandeja, e pensei: oba, alguém nesta espelunca é humano, afinal de contas. Mas, sem nem mesmo olhar para mim, ele se aproximou da mesa de Bowen, colocou a bandeja sobre o tampo e partiu. Quando a porta se fechou fui até a mesa e levantei a toalha, vendo e cheirando um delicioso e atraente sanduíche de carne, acompanhado de uma fatia de torta de cereja. Havia também meio litro de leite. A situação exigia presença de espírito, e eu a tive. Levei mais ou menos dezoito segundos para retornar a meu lugar, acomodar a bandeja no colo e morder um naco razoável do sanduíche. Mal comecei a engolir e a porta se abriu, para que o promotor distrital entrasse.

Para evitar qualquer constrangimento, falei imediatamente.

— Quanta gentileza de sua parte providenciar isso, senhor Bowen. Não que eu estivesse com fome, mas, sabe como é, saco vazio não pára em pé. Bowen para prefeito!

Ele mostrou que era um homem de fibra. Outro qualquer teria arrancado a bandeja da minha mão ou gritado no telefone que um vagabundo havia roubado seu lanche e ele queria outro já, mas apenas me olhou severo, virou-se e saiu. Em três minutos voltou com outra bandeja, que levou para sua mesa. Não sei de quem ele a confiscou.

Ele queria apenas esclarecer oitenta e cinco ou noventa detalhes do relatório que Mandelbaum lhe entregara havia pouco.

Passava das três, portanto, quando cheguei, escoltado, ao número 240 da rua Centre, e quase das quatro quando me conduziram para a sala particular do comissário de polícia Skinner. A hora seguinte foi meio tumultuada. Era de se pensar, em se tratando de entrevistar um cidadão importante como eu, que Skinner fosse dar a ordem de não ser interrompido a não ser em caso de sublevação geral, mas que nada. Entre as interrupções ele acabou conseguindo fazer algumas perguntas vitais, como, por exemplo, se chovia quando cheguei ao estacionamento, ou se Horan e Egan trocaram olhares cúmplices. Na maior parte do tempo, quando ele não estava atendendo a um dos quatro telefones de sua mesa, ou ligando para alguém, ou conversando com um intruso qualquer, ou dando uma olhada nos papéis que acabavam de chegar, dedicava-se a passear de um lado para outro na sala, que era ampla, alta e finamente mobiliada.

Por volta das cinco horas o promotor distrital Bowen entrou na sala, acompanhado de dois assessores com pastas superlotadas. Pelo jeito haveria uma conferência de cúpula. Seria muito educativo permanecer ali, torci para não ser expulso. Discretamente, desocupei minha poltrona, perto da mesa de Skinner, escolhendo outra mais modesta, encostada na parede. Skinner estava ocupado demais para notar minha presença, e os outros evidentemente concluíram que ele pretendia me poupar para a sobremesa. Puxaram as poltronas para perto da mesa grande e começaram. Tenho boa memória por natureza, e fui bem treinado por Nero Wolfe, por anos a fio, portanto poderia reproduzir completa e precisamente o que escutei durante os trinta minutos seguintes, mas não quero. Se o fizesse, seria atirado pela janela na próxima tentativa de bancar o quadro na parede em uma reunião dos maiorais. E, de qualquer maneira, quem sou eu para destruir a confiança que as pessoas depositam nos ocupantes dos cargos públicos mais altos?

Mas uma coisa aconteceu, e precisa ser contada. No meio de uma discussão acalorada sobre o que deveria ou não ser dito ao FBI, houve uma interrupção. Primeiro o telefone tocou, e Skinner falou com alguém rapidamente. Depois a porta se abriu, admitindo um visitante. Era o inspetor Cramer. Enquanto cruzava a sala e aproximava-se da mesa, ele me olhou de viés, mas sua mente se ocupava de outros assuntos. Ele olhou em torno e deu o serviço.

— Aquela testemunha, o Witmer, acha que pode identificar o motorista do carro que matou Pete Drossos. Ele acaba de apontar Horan na fila de identificação. Disse poder jurar que foi ele.

Eles o encararam. Bowen murmurou:

— E essa agora!

— E então? — Skinner perguntou na defensiva.

Cramer franziu o cenho.

— Não sei, acabei de ser informado disso. Se aceitarmos, voltamos à estaca zero novamente. Não poderia ter sido Horan no carro com a mulher, na terça-feira. Não demoliríamos seu álibi para terça nem com uma máquina de terraplenagem, além disso presumimos que se tratava de Birch. Sendo assim, por que Horan mataria o menino? Agora que temos o golpe da chantagem contra ele, podemos apertá-lo, claro, mas se tiver um homicídio nas costas não vai se abrir nunca. Precisaremos investigar mais esta possibilidade, mas as coisas ficaram piores do que antes. Sabe, comissário, deveria haver alguma lei contra testemunhas oculares.

Skinner continuou na defensiva.

— Acho que está exagerando, inspetor. As testemunhas oculares costumam ser extremamente úteis. Isso pode ser a saída que procuramos. Sente-se e vamos discutir o assunto.

Quando Cramer estava pegando uma cadeira um dos telefones tocou. Skinner o atendeu. Era o vermelho, primeiro à esquerda. Conversou durante algum tempo, depois olhou para Cramer.

— Nero Wolfe, para você. Disse que era importante.

— Atenderei lá fora.

— Nada disso, atenda aqui mesmo. Ele parece radiante.

Cramer deu a volta na mesa, ficou atrás do cotovelo de Skinner e disse:

— Wolfe? Aqui fala Cramer. O que quer?

Daí em diante ele praticamente só ouviu, até o final. Os outros observaram seu rosto, e eu também. Quando vi que ficava cada vez mais vermelho, os olhos mais e mais estreitos, eu quis pular na hora da cadeira e voar para a rua 35, mas calculei que seria imprudente chamar a atenção sobre a minha pessoa. Deixei rolar. Quando ele finalmente desligou, mordeu os lábios e coçou o nariz.

— Aquele gordo filho da puta — falou dando um passo para trás. — Ele está mesmo radiante. Disse que já se sente capaz de ganhar o dinheiro que a senhora Fromm lhe deu. Quer a presença do sargento Stebbins e a minha. Quer as seis pessoas envolvidas. Quer Goodwin, Panzer e Durkin. Quer três ou quatro policiais femininas, à paisana, com idades entre trinta e cinco e quarenta anos. Goodwin precisa ir para lá imediatamente. Quer Egan também. E não quer mais nada. — Olhou em torno. — Ele disse que o assassino estará entre nós. *O* assassino, ele falou.

— Ele é um maníaco — Bowen disse amargo.

— Por Deus, como é possível? — Skinner quis saber.

— Isso é inaceitável — Bowen falou. — Traga-o aqui.

— Ele não virá.

— Traga-o à força!

— Impossível, só com um mandado.

— Conseguirei um!

— Ele não vai abrir a boca. Sairá sob fiança. Depois irá para casa e convidará as pessoas, mas nos deixará de fora.

Eles trocaram olhares, e cada um viu nos rostos alheios o mesmo que eu via. Não havia alternativa.

Pulei da poltrona e me despedi animado:

— Nos vemos mais tarde, cavalheiros! — E fui embora correndo.

16

Jamais desfrutei da intimidade de uma policial feminina, mas já vi várias por aí, e devo admitir que o encarregado de escolher as três para a festinha de Wolfe naquela tarde tinha bom gosto. Não que fossem deslumbrantes, mas eu teria toda a boa vontade do mundo em levar qualquer uma do trio até o bar da esquina para tomar uma coca. O único problema residia em seu olhar profissional, mas ninguém podia culpá-las por isso, pois estavam a serviço, na presença de um inspetor. Sendo assim, nada mais natural que adotassem uma postura alerta, competente e durona. Estavam todas com roupas normais, e uma das moças usava um conjunto bem elegante, azul com listinhas brancas.

Cheguei bem antes da multidão, a tempo de resumir para Wolfe minhas andanças naquele dia, o que não pareceu interessar-lhe muito. Ajudei Fritz e Orrie a reunir e arrumar as cadeiras. Quando os primeiros convidados tocaram a campainha, Orrie desapareceu na sala da frente, fechando a porta. Tendo passado por ali para pegar cadeiras, eu sabia o que ele estava guardando — um sujeito de classe média, ombros arredondados, de óculos, com o cinto da calça apertado demais. Orrie nos apresentou, assim consegui descobrir seu nome, Bernard Levine, mas foi só.

A distribuição dos lugares foi ditada por Wolfe. As seis mulheres ocuparam a primeira fila. As policiais femininas alternaram posições com Angela Wright, Claire Horan e Jean Estey. O inspetor Cramer ficou com a poltrona de couro vermelho, tendo Purley Stebbins à esquerda, perto de Jean Estey. Atrás de Jean Estey ficou Lips Egan, ao alcance de Stebbins, caso ficasse nervoso e resolvesse usar alicates em alguém. Na segunda fila, à esquerda de Egan, encontravam-se Horan, Lipscomb e Kuffner. Saul Panzer e Fred Durkin ficaram no fundo.

Eu disse que Cramer ocupava a poltrona de couro vermelho, mas na verdade ela estava vazia, à espera dele. O inspetor insistira em uma conversa particular com Wolfe, e os dois seguiram para a sala de jantar. Não sei o que queria, mas duvido que tenha conseguido, a julgar pela expressão em seu rosto quando entrou no escritório, à frente de Wolfe. Mandíbulas cerradas, lábios apertados, todo corado, ele parou na frente das pessoas reunidas, até Wolfe acomodar-se na poltrona. Só então ele falou:

— Quero que fique bem claro — disse — que isso é oficial apenas até um certo ponto. Vocês foram trazidos até aqui pelo departamento de polícia, com a aprovação do promotor distrital, o que torna a reunião oficial. Mas Nero Wolfe assume a responsabilidade por suas ações, e não tem autoridade para insistir na resposta das perguntas que fizer. Todos compreenderam bem?

Alguns resmungaram. Cramer disse:

— Pode começar, Wolfe. — E sentou-se.

Os olhos de Wolfe moveram-se da esquerda para a direita, e voltaram ao ponto de partida.

— Isso é um pouco extravagante — ele disse em tom coloquial. — Conheço apenas o senhor Horan e o senhor Kuffner. O senhor Goodwin me deu uma descrição, mas eu gostaria de confirmá-la. É a senhorita Jean Estey?

— Sim.

— Senhorita Angela Wright?

Ela assentiu.

— Senhora Dennis Horan?

— Esse é meu nome. Eu não creio...

— Por favor, senhora Horan. — Ele foi brusco. — Mais tarde, por favor. O senhor é Vincent Lipscomb?

— Isso mesmo.

Os olhos de Wolfe percorreram a platéia outra vez.

— Muito obrigado. Creio que esta é a primeira vez que tento desmascarar um assassino tendo à frente um grupo de estranhos, em sua maioria. Parece um pouco presunçoso, mas isso veremos. O senhor Cramer explicou que não tenho autoridade para insistir na resposta às minhas perguntas, mas não precisam se preocupar com isso. Não tenho perguntas a fazer. Nenhuma. Conforme eu prossigo, talvez surja uma ou outra questão, mas duvido muito.

Cramer deixou escapar um gemido. Os olhos fixaram-se nele, que nem percebeu. Estava ligado em Wolfe.

— Devo fazer várias perguntas — Wolfe disse — para mim mesmo, e respondê-las. O caso é tão complexo que pode haver centenas de perguntas, mas pretendo me restringir ao mínimo. Por exemplo, eu sei por que a senhora Fromm usava brincos em forma de aranha quando veio me ver na sexta-feira ao meio-dia, eles faziam parte de sua tentativa de me enganar; mas por que voltou a usá-los na festa de Horan, à noite? Obviamente, com a intenção de levar alguém a se trair por uma reação. Outra coisa, por que o senhor Horan foi ao estacionamento na noite passada? Porque percebeu que sua cobiça o impelira a agir como um tolo, dando o nome e o endereço de Leopold Heim a Egan, num momento delicado, e ficou assustado... como se viu, com toda a razão. Suponho...

— Eu protesto! — A voz de tenor de Horan transformara-se num grasnido. — Isso é calúnia! Inspetor Cramer, disse que Wolfe era responsável por suas próprias palavras, mas o senhor é responsável por nossa vinda até aqui!

— Pode processá-lo, se quiser — rebateu Cramer.

— Senhor Horan — Wolfe disse apontando um dedo para ele —, no seu lugar, eu pararia de espernear por causa do envolvimento com a chantagem. Quanto a isso já está perdido mesmo, e agora encontra-se ameaçado por um perigo muito maior, identificação como assassino de Peter Drossos. Não tem como escapar de uma temporada na prisão, mas talvez continue vivo, com a minha ajuda. Quando terminarmos esta reunião, o senhor estará me devendo algo.

— Pode ter certeza que sim!

— Ótimo. Não tente pagar, do seu jeito ou do meu. Como eu estava dizendo, suponho que a maioria dos presentes não tem a menor idéia do esquema de extorsão que provocou a morte de três pessoas, e não poderão acompanhar meu raciocínio na íntegra, mas isso fica para depois. Um dos presentes seguramente compreenderá tudo. — Inclinou-se um pouco para a frente, com os cotovelos na mesa e os dez dedos sobre o tampo. — Outra coisa. Nunca tive a pretensão de revelar o assassino sem ajuda, e agradeço a colaboração recebida. Noutro dia, um de vocês fez questão de relatar ao senhor Goodwin todos os movimentos que fez na sexta-feira à noite e na terça à tarde, embora não houvesse motivo no mundo para isso. A mesma pessoa fez a estranha observação de que a senhora Fromm tinha sido assassinada havia cinqüenta e nove horas, que exatidão espantosa! Isso ajudou bastante, mas foi só. — Juntou as mãos na frente da ampla barriga. — Entretanto, havia duas pistas importantes. Em primeiro lugar, os brincos. A senhora Fromm os adquiriu no dia onze de maio. Uma outra mulher os usava no dia dezenove de maio. Ela só poderia ter recebido os brincos como presente, ou empréstimo, da parte da senhora Fromm, a não ser que os tenha pegado sem ordem. De qualquer forma, a senhora Fromm os recuperou, e os usou três dias depois, na sexta-feira, dia vinte e dois. Por quê? Para tentar se passar pela mulher que os usava na terça! Portanto, ela sabia quem era essa mulher, ou suspeitava dela, de alguma maneira. E, mais importante de tudo, como pista, ela foi capaz de recuperar os brincos, abertamente ou em segredo, para usá-los na sua tentativa de se passar pela outra.

— Pista de quê? — Cramer perguntou.

— Da identidade da mulher em questão. Nada definitivo, mas uma boa indicação. Ela deveria ser alguém próxima da senhora Fromm, para tornar possível a recuperação dos brincos, ostensiva ou disfarçadamente. Seus pertences deveriam estar ao alcance. Certamente isso entrou em suas deduções, senhor Cramer, e explorou o tema ao máximo, mas sem nenhum resultado. Seu formidável acúmulo de negativas neste caso tem me ajudado bastante. Sua capacidade de somar dois e dois é inquestionável. Sabia que meu anúncio de jornal procurando uma mulher com brincos em forma de aranha saiu na sexta-feira de manhã, e que a senhora Fromm esteve aqui na hora do almoço, usando os tais brincos, e que uma boa hipótese a se explorar era a de ter ficado de posse dos brincos nesse intervalo, duas ou três horas, no máximo. Se tivesse sido necessário ir muito longe para consegui-los, o senhor teria descoberto isso, e explorado a descoberta, e não estaria aqui agora. Não é verdade?

— Você é que o está dizendo — Cramer resmungou. — Eu só soube na manhã de hoje que foram comprados pela senhora Fromm.

— Mesmo assim, sabia que eram um par único, com toda a certeza. Por falar nisso, uma especulação interessante é o motivo para a compra, o impulso que levou a senhora Fromm a adquirir os brincos ao vê-los em uma vitrine. O senhor Egan disse que uma mulher, ao telefonar para ele, usava uma senha: "A aranha disse à mosca". Possivelmente, ou provavelmente, a senhora Fromm ouviu esta senha sendo utilizada, e calculo que tenha sido um fator importante para despertar suas suspeitas; e, quando ela viu os brincos em forma de aranha, foi atingida pelo impulso de brincar com eles. — Wolfe respirou fundo, enchendo o peito, no caso dele pelo menos dez litros, e soltou o ar audivelmente. — Prosseguindo. O homem que atropelou o menino, Pete Drossos, era uma criatura estranha, difícil de engolir e impossível de digerir. A teoria mais simples, de que se tratava do mesmo homem que estava no carro com a mulher no dia anterior, temendo que o menino pudesse identificá-lo, foi descartada quando descobri que o homem no carro com a mulher era Matthew Birch, morto desde terça-feira à noite. De qualquer forma, sua conduta havia sido peculiar. Coloquei-me no lugar daquele homem. Por algum motivo, resolvi matar o menino, e segui para a esquina a fim de atropelá-lo com meu carro, se e quando surgisse a oportunidade, em plena luz do dia. Não poderia contar com a sorte imensa de ter a minha chance logo na primeira tentativa; certamente não podia contar com isso; precisaria prever a possibilidade de passar por aquele cruzamento várias vezes, talvez muitas vezes. Haveria gente por perto. Nenhuma das pessoas teria motivo para me notar no meio do trânsito, até que surgisse minha oportunidade e eu atropelasse o menino, mas eu teria sido visto de passagem, por muitos olhos. — Ele virou a palma da mão para cima. — Então, o que faço? Não posso usar uma máscara, claro, mas existem outros expedientes. Uma barba falsa seria excelente. Desprezo todos eles e não faço nenhum esforço para me disfarçar. Usando meu terno marrom e chapéu de feltro, prossigo com a perigosa aventura mortífera. Sendo assim, ou sou um completo idiota ou uma mulher, digamos, como hipótese de trabalho. Ora, se eu for mulher muitos dos problemas desaparecem, pois desempenho vários papéis. Estou envolvida na quadrilha de chantagistas, talvez até a comande. A senhora Fromm desconfia disso; não tem provas para agir, mas sabe o suficiente para suspeitar de mim. Ela me faz perguntas veladas. Ela me presenteia com os brincos em forma de aranha. Na terça-feira à tarde me encontro com Matthew Birch, um de meus cúmplices. Ele me pede que dirija seu carro, e repentinamente saca uma arma e pressiona o cano contra meu corpo. Seja qual for o motivo de sua hostilidade, conheço seu caráter e temo por minha vida. Ele ordena que eu dirija até algum lugar. Em um cruzamento, quando paramos por causa do sinal vermelho, um garoto aparece para limpar a janela, e mexo os lábios, voltada para ele, que está muito próximo: "Socorro, chame a polícia". O sinal abre, Birch me pressiona e o carro arranca. Recupero-me do pânico, porque também tenho coragem. No meio do caminho para não sei onde, eu o surpreendo de guarda aberta e ataco. Minha arma é um martelo, uma chave inglesa, um taco, a própria arma... mas não atiro nele. Jogo-o dentro do carro, indefeso, inconsciente, e tarde da noite sigo até um beco deserto, atiro Birch para fora do carro e o atropelo, estacionando o carro depois em algum lugar, antes de ir para casa.

Cramer palpitou:

— Eu consigo fazer igual, também. Dê os fatos.

— Daqui a pouco. No dia seguinte concluo que o menino é uma ameaça intolerável. Se a senhora Fromm conseguir comprovar de algum modo suas suspeitas, e minha ligação com Birch for revelada, o menino poderia me identificar como a companheira de Birch naquele carro. Arrependo-me amargamente daquele momento de fraqueza, quando pedi a ele que chamasse a polícia, fazendo com que olhasse fixo para nós, e não consigo suportar o peso de tal ameaça. Sendo assim, naquela tarde, vestida de homem, pego o carro onde o deixei estacionado e procedo como descrito antes. Desta vez estaciono o carro bem longe, e resolvo pegar o metrô para voltar para casa. A esta altura, claro, meus escrúpulos todos se foram; tornei-me uma imoral, uma porca egomaníaca, com presas de javali. Na sexta-feira pela manhã a senhora Fromm pega os brincos em forma de aranha e sai de casa usando o par. Quando volta, à tarde, conversa comigo, e me conta, entre outras coisas, que contratou Nero Wolfe para investigar o caso. Aquilo foi muito imprudente; ela deveria ter ao menos suspeitado do quanto eu era perigosa. Naquela noite teve a prova disso, embora nunca soubesse. Localizei seu carro estacionado perto do apartamento de Horan e me escondi atrás do banco, armada com uma chave de roda. Horan acompanhou-a, mas...

— Espere um pouco! — Cramer o interrompeu. — Você está acusando Jean Estey de assassinato, sem ter provas. Eu disse que seria responsável por suas palavras, mas eu os trouxe aqui, e para tudo tem um limite. Dê os fatos, ou pare de falar.

Wolfe fez cara de desconsolado.

— Tenho apenas um fato, senhor Cramer, que ainda não foi comprovado.

— Vamos ouvir esta parte.

— Muito bem. Archie, traga-os.

Enquanto me erguia para ir até a porta que ligava a sala da frente com o escritório, vi Purley Stebbins prestar a Wolfe uma das maiores homenagens de toda a sua vida. Ele virou a cabeça e fixou os olhos nas mãos de Jean Estey. Wolfe até então só havia feito um discurso. Como Cramer notou, não exibira a menor prova. E o rosto de Jean Estey não demonstrava nenhum sinal de medo. Mas Purley, a seu lado, fixou os olhos nas mãos dela.

Abri a porta e chamei:

— Pode vir, Orrie!

Algumas cabeças se viraram, outras não, quando eles entraram. Orrie ficou na retaguarda, e eu conduzi Levine através da multidão, para uma poltrona que o aguardava no canto da mesa, de onde poderia ter uma visão clara da primeira fila. Ele tentava não mostrar o quanto se sentia nervoso, mas, quando se sentou, mal tocou a ponta da poltrona, e eu precisei dizer-lhe que se acomodasse mais confortavelmente.

Wolfe dirigiu-se a ele.

— Seu nome é Bernard Levine?

— Sim, senhor. — Ele umedeceu os lábios.

— Este cavalheiro, perto do final da mesa, é o inspetor Cramer, do departamento de polícia de Nova York. Ele está aqui a serviço, mas veio na condição de observador. Minhas perguntas são minhas, responda se quiser. Está claro?

— Sim, senhor.

— Meu nome é Nero Wolfe. Já me viu antes deste momento?

— Não, senhor. Claro, ouvi falar do senhor...

— Qual seu ramo de atividade, senhor Levine?

— Sou sócio da B. e S. Levine. Meu irmão e eu possuímos uma loja de roupas masculinas na rua Fillmore, 514, em Newark.

— Por que está aqui? O que aconteceu? Conte para nós.

— Bem, alguém ligou para a loja, e um homem disse...

— Por favor. Quando?

— Esta tarde, por volta das quatro. Ele disse que a esposa havia comprado um chapéu de feltro e um terno marrom em nossa loja na semana passada, na quarta-feira. Queria saber se me lembrava disso. Respondi que me lembrava muito bem, claro, eu mesmo a atendi. Ele pediu que a descrevesse, para ter certeza absoluta, e foi o que fiz. Depois ele...

— Por favor, ele descreveu a esposa ou pediu que o senhor descrevesse a cliente?

— Foi como eu contei. Ele não descreveu ninguém. Apenas pediu que eu a descrevesse, e eu o fiz.

— Prossiga.

— Depois ele disse que gostaria de passar na loja e talvez trocar o chapéu. Queria saber se ia estar lá, e eu disse que sim. Em cerca de meia hora, talvez um pouco mais, o cliente chegou. Ele me mostrou uma licença de detetive de Nova York, com sua foto e o nome, Orvald Cather, e disse que não tinha sido a mulher dele quem comprara o terno; aquilo fazia parte de uma investigação. Trabalhava para Nero Wolfe, o grande detetive, afirmou. O terno e o chapéu estavam ligados a um caso, e queria que eu viesse a Nova York em sua companhia. Bem, isso era um problema. Meu irmão e eu não gostamos de nos meter em encrencas. Não somos a Brooks Brothers, mas tentamos tocar uma loja decente e honesta embora pequena...

— Sim. Mas resolveu vir?

— Meu irmão e eu decidimos que era melhor. Decidimos tudo juntos.

— O senhor Cather ofereceu algum estímulo? Ele tentou pagá-lo?

— Não, ele simplesmente nos convenceu. Como fala bem aquele homem. Daria um vendedor e tanto. Sendo assim, viemos juntos para cá, de metrô, e ele me trouxe a esta sala.

— Sabe o motivo?

— Não, ele não disse exatamente do que se tratava. Só falou que era algo muito importante, relativo ao terno e ao chapéu.

— Ele não deu nenhuma pista de que seria convidado a identificar a mulher que comprou o terno e o chapéu?

— Não, senhor.

— Não mostrou nenhuma fotografia, nenhum tipo de desenho, de ninguém?

— Não, senhor.

— Nem descreveu a pessoa?

— Não, senhor.

— Então deve manter a mente aberta, senhor Levine. Quero saber quem foi a mulher que comprou um terno marrom e um chapéu de feltro na sua loja, na quarta-feira passada. Há alguém aqui nesta sala que se pareça com ela?

— Claro, eu a vi assim que me sentei. É aquela mulher ali, na ponta. — Ele apontou para Jean Estey. — É ela.

— Tem certeza?

— Cem por cento.

A cabeça de Wolfe moveu-se.

— Que tal este fato, senhor Cramer?

Jean Estey, sentada entre o sargento e a policial feminina, teve quatro ou cinco minutos para procurar uma saída. No instante em que viu Levine, soube que estava perdida na questão da compra da roupa, pois S. Levine confirmaria o testemunho de B. Levine. Sendo assim, ela estava pronta, e não esperou que Cramer respondesse a pergunta de Wolfe, ela mesma se encarregou disso.

— Muito bem — disse. — Isso é um fato. Fui uma grande tola. Comprei o terno e o chapéu para Claire Horan. Ela me pediu, e eu a atendi. Levei o pacote para...

A disposição de lugares funcionou perfeitamente, com a policial feminina entre as duas mulheres civis. Quando a senhora Horan pulou da poltrona e avançou contra Jean Estey, foi impedida, rápida e rudemente, e jogada no colo da policial feminina que estava do outro lado, a qual a agarrou com desenvoltura profissional. Na confusão que se seguiu alguns homens se levantaram, e várias vozes também, entre elas a do inspetor Cramer. Purley Stebbins, agora um tanto confuso, naturalmente, deixou Jean Estey por conta de sua colega do sexo feminino e concentrou-se em Dennis Horan, que se erguera para salvar a esposa das garras da policial que a segurara em pleno vôo. Horan, sentindo a mão pesada de Purley sobre o ombro, deu-lhe um safanão, libertou-se e gritou para quem quisesse ouvir:

— Isso é mentira — grasnou. Apontou o dedo acusador para Jean Estey: — Ela é mentirosa e assassina. — Virou o corpo para apontar o dedo para Lips Egan. — Você sabe disso, Egan.

Sabe que Birch descobriu que ela estava trapaceando, passando a perna nele, e sabe que Birch falava sério quando jurou que ia dar um jeito nela. Birch foi um cretino de pensar isso. Agora ela tenta jogar a culpa de um assassinato em mim, e vai pôr você no meio também. Vai ficar quieto?

— Não vou, não — Egan rosnou. — Já me fizeram demais de palhaço. Por mim ela pode morrer, é uma vaca louca mesmo.

Horan virou-se.

— Você me pegou, Wolfe. Seu maldito. Sei quando estou danado. Minha esposa não tem nada a ver com isso, absolutamente nada, e eu não sabia dos assassinatos. Podia suspeitar, mas não sabia. Agora posso contar tudo o que sei.

— Não me interessa — Wolfe disse melancólico. — Para mim chega, também. Senhor Cramer? Pode retirar estes vermes de minha casa? — Dirigiu-se à assembléia, mudando de tom. — Isso se aplica, senhoras e senhores, apenas àqueles que merecem esta classificação.

Eu estava abrindo a gaveta de baixo da minha escrivaninha para pegar a câmera: Lon Cohen, do *Gazette*, merecia uma boa foto de Bernard Levine sentado no escritório de Nero Wolfe, pensei.

17

Três dias depois, sexta-feira, às onze da manhã, eu estava em minha mesa, datilografando uma carta para um colecionador de orquídeas, quando Wolfe desceu da estufa e entrou no escritório. Mas, em vez de seguir para sua mesa, dirigiu-se ao cofre e o abriu, pegando algo lá dentro. Eu me torci todo para olhar, porque não gosto que ele fique remexendo nas coisas. Tirou o caderno de notas de Egan. Fechou o cofre e começou a sair.

Ergui-me para segui-lo, mas ele falou:

— Não, Archie. Não quero que seja cúmplice de um crime. Ou será uma contravenção?

— Bobagem. Eu adoraria dividir uma cela com você.

Ele foi até a cozinha, pegou a assadeira grande no armário, colocou-a sobre a mesa e a forrou caprichosamente com folhas de alumínio. Sentei-me num banquinho e observei. Ele abriu o caderno, arrancou uma folha, amassou-a e jogou na assadeira. Depois de fazer uma pilha com uma dúzia ou mais, riscou um fósforo e dedicou-se a alimentar a fogueira, jogando as folhas uma a uma, até esvaziar o caderno.

— Pronto — ele disse satisfeito, e foi lavar as mãos. Joguei a capa do caderno na lata de lixo.

Pensei, na época, que ele estava se precipitando um pouco,

pois talvez precisasse de mais provas. Mas isso foi há várias semanas, e agora, com Horan e Egan devidamente julgados, presos e sentenciados, e levando-se em conta que um júri de sete homens e cinco mulheres levou apenas quatro horas para aplicar a pena máxima a Jean Estey, tanto faz.

1ª EDIÇÃO [1992] 1 reimpressão
2ª EDIÇÃO [2002]

ESTA OBRA, COMPOSTA PELA HELVÉTICA EDITORIAL
EM BASKERVILLE, FOI IMPRESSA PELA GEOGRÁFICA
EM OFF-SET SOBRE PAPEL PRINT-MAX DA VOTORANTIM
PARA A EDITORA SCHWARCZ EM JULHO DE 2002